AF145568

Warum habe ich mir dieses Thema ausgesucht?

Als Stadtbewohner und Kind der technisierten Neuzeit sticht mir vor allem eines stark ins Auge: Die dichte Bevölkerung und sterile soziale Umgebung, die von ihr ausgeht. Ich habe versucht, diesen Zustand gedanklich weiter zu spinnen und mit gewagten und spannenden Thesen zu vermischen. Im Kern geht es dabei um die These der Präastronautik und die Frage, wie die menschliche Evolution in Zukunft voranschreiten wird.

Schreibweise und Erzählstil:

Ich bin und war schon immer ein Freund kurzer, präziser Aussagen. Oft ärgerte ich mich bei Romanen über die übermäßige Ausweitung einfacher Informationen und Sachverhalte, die teilweise dazu führten, den Faden zu verlieren oder das Buch wieder aus der Hand zu legen. Das genaue Gegenteil erlebte ich oft in Filmen, in denen der Plot gut nachvollziehbar und weniger verkompliziert auftrat. Was dazu führte, dass ich Filme stärker favorisierte als Romane. Das wollte ich ändern. Ich versuchte, einen Plot so spannend und leicht verfolgbar zu schreiben, wie ich es aus meinen Lieblingsfilmen kannte. Heraus kam mein erster Roman.

Mit diesem Erzählstil möchte ich gerne meine Generation, die Kinder der 90er Jahre, wieder zum Lesen verleiten.

www.dewilkinson.de

D.E. Wilkinson

Der Träger

Im Zeitalter der Wende - Band 1 -

Bibliografische Information der Deutschen Nationalbibliothek: Die Deutsche Nationalbibliothek verzeichnet
diese Publikation in der Deutschen Nationalbibliografie;
detaillierte bibliografische Daten sind im Internet über
www.dnb.de abrufbar.

3. Auflage 2015

© 2015 D.E. Wilkinson
Herstellung und Verlag:
BoD – Books on Demand, Norderstedt

ISBN: 978-3-7347-7127-9

Kapitel 1 - Die Nachricht

Der Regen prasselt hektisch auf die Glasüberdachung der Haltestation. Regen ... er spiegelt all mein Empfinden, meine Melancholie, Gleichgültigkeit und Wut wider, die ich seit Anbeginn mit mir herumtrage. Regen ist wie ein Tuch, das die graue Tristesse aus Beton, Stahl und Asphalt einwickelt und zu einem Gesamtbild abrundet. Die Welt, in die ich hineingeboren wurde, ist hektisch, laut, überfüllt und oberflächlich. Ein Burnout jagt den nächsten und wird durch den Schlaganfall auf dem heimischen Sofa abgelöst. Wir Menschen gleichen mehr Zahnrädern als lebenden und denkenden Organismen. Homogenität wird mit Akzeptanz belohnt und Individualität im Keim erstickt. Wettbewerb kommt vor Nächstenliebe. Schneller, besser, effizienter, was sich wie eine Werbung für Rasierklingen anhört, ist im Grunde die Erwartungshaltung der Gesellschaft an die Menschen, die in ihr leben. Wie Tiere, die in einem zu engen Käfig eingesperrt sind, beißen wir uns gegenseitig tot, um uns einen Platz in dieser Welt zu ergattern. Lautlos schiebt sich der Speedtrain vor uns und reißt mich aus meiner Gedankenwelt. Lediglich ein starker Luftzug verrät mir die Kraft, die hinter diesem Massenfortbewegungsmittel steckt. Ich dränge mich mit Hunderten anderer Fahrgäste in eine enge Kabine. Der Zug startet rückstoßfrei und beschleunigt innerhalb weniger Sekunden auf annähernde Schallgeschwindigkeit. Durch das verglaste Dach kann ich verfolgen, wie wir uns durch die dicht besiedelte Mega-City schlängeln. Die grellen Lichter der Werbetafeln ziehen sich wie Kaugummi optisch in die Länge und verschmelzen zu einem bunten Strang. Draußen scheint es so, als würde eine höhere Macht versuchen, den ganzen Schmutz und Dreck dieser Welt wegzuwaschen.

Wir schreiben das Jahr 2077, das Zeitalter der Wissenschaft und Überbevölkerung. Die Erde war noch nie so überfüllt wie jetzt. Aktuell zählen wir über 23 Milliarden Menschen auf unserem Planeten. Tendenz rapide steigend. Jegliche Schätzungen aus der Vergangenheit wurden weit übertroffen. Die Menschen werden immer älter und zahlreicher, was wir letztendlich unserer fortschrittlichen Medizin zu verdanken haben. Am schlimmsten sind die Entwicklungsländer betroffen. Der Hunger in diesen armen Ländern kann selbst mit großindustrieller Agrarwirtschaft nicht gestillt werden. Ganze Landstriche werden künstlich fruchtbar gehalten und landwirtschaftlich erschlossen. Mein Vater erzählte mir von Äckern so groß wie Kleinstaaten und Bewässerungsanlagen so gewaltig wie Wolkenkratzer. Das Gleichgewicht der Natur ist immens gestört. Die Verschmutzungen zu kompensieren, gelingt den Wissenschaftlern nur bedingt und wir müssen mit ansehen, wie wir langsam unseren eigenen Planeten vergiften.

Der Tag verstreicht nur schleppend. Ich schaue gelangweilt aus dem Fenster und sehe mir an, wie Regentropfen die Scheibe herunterperlen. Kleine Tropfen sammeln sich zu großen, wie winzige Flussarme, die gemeinsam einen größeren Fluss bilden. Ab und zu blitzt die Sonne zwischen den Wolken hervor und wirft einen langen ausgedehnten Schatten auf meinen Schreibtisch. Ich halte meine Hand in die flüchtigen Strahlen, um die Wärme zu spüren, die von ihnen ausgeht. Es ist ein Arbeitstag wie jeder andere. Verzweifelt versuche ich, die Zeit totzuschlagen, in der Hoffnung, mit keinerlei Fragen und Aufgaben belästigt zu werden. Die Zahlen in der Tabelle vor mir lösen in mir ein solch starkes Gefühl des Desinteresses aus, dass es fast schon an Nötigung grenzt. Immer wieder wandert mein Blick zur Zeitprojektion an der Wand, als auf einmal Carter vor mir steht.

»John, John, John ...«, sagt er kopfschüttelnd und knallt mir ein Tablet auf den Tisch. »Deine Zahlen von letzter Woche sind absoluter Mist. Ein großer, dampfender Haufen Mist. Wenn das nicht besser wird, werde ich Probleme haben, deine Stelle vor Mr. Decker zu rechtfertigen, denn du weißt, er würdigt nur hart arbeitende Angestellte«, sagt er und grinst widerlich, genau wissend, dass er ständig zum Mitarbeiter des Monats gewählt wird. Ich sehe ihn an und versuche mir vorzustellen, wie so ein dicker Kopf so tief in Mr. Deckers Arsch passt. »Ey! John, hörst du mir überhaupt zu?«, versucht Carter es erneut und schnippst mit den Fingern vor meinem abwesenden Blick.

»Nun ja«, antworte ich gedehnt. »Wenn das so ist, sollte sich auch nur eine ausgezeichnete Spitzenkraft an diese Zahlen wagen und ich meine wirklich ausgezeichnet. Und wir alle wissen, dass nur so ein herausragender Mitarbeiter wie du dieser immensen Aufgabe gewachsen ist.« Ich sehe ihn mit hochgezogenen Augenbrauen an und gebe ihm das Tablet zurück. Er zieht es mir mit einem Ruck aus der Hand.

»So läuft das hier nicht mehr lange!«, zischt er mir entgegen, dreht sich um und verzieht sich wieder nach hinten in sein Büro.

Erleichtert atme ich auf und lasse meinen Blick erneut zur Uhr wandern. Dieser schleimige Fisch macht alles, um in seinem Job weiter zu kommen. Fehlt nur noch, dass er sich auf allen Vieren in Mr. Deckers Büro stellt und anfängt zu vibrieren, wenn jener seine Füße auf ihm ablegt. Menschen wie er erinnern mich daran, warum ich die Arbeitswelt so verabscheue.

Halb eins, endlich Mittagspause. Ich lasse alles stehen und liegen und laufe sehnsüchtig in Richtung Cafeteria. Der Weg dorthin ist zum Glück kurz. Als die Cafeteria noch außerhalb lag, erschwerten die verschärften Waffenkontrollen den Gang in die Pause. Wer das Firmengelände verlassen will, kommt nicht darum herum, jedes Mal kontrolliert zu werden. Wenn man nicht aufpasst, muss man damit rechnen, zu spät zur Arbeit zu kommen. Letztens stand ich über eine Stunde am Sicherheitscheck. Irgend so ein Idiot hatte sich die Fingerkuppen verbrannt und keine neue ID-Kennung auf einen anderen Finger beantragt. Außerdem war sein B.I.C. aufgrund eines Umzugs noch nicht aktualisiert worden.

B.I.C ... das heißt Biological Identify Chip. Jeder hat so ein Implantat, ohne das ist man laut System ein Geist. Der Code in deinem Chip macht dich erst zu einem Menschen. In diesem kleinen Fremdkörper unter der Haut ist alles über dich gespeichert. Dinge, die du nicht mal über dich selbst wusstest. Deine komplette Krankenakte - von der Blutgruppe bis hin zum genetischen Profil. Deine schulische Laufbahn, jede Fünf, die du in Mathe bekommen hast, jeder Tag, an dem du gefehlt hast. Dein Konsumverhalten, ob du dir nur ein Eis an der Tankstelle gekauft hast oder den neuen Sportwagen vom völlig überteuerten Händler. Jeder Verstoß, jedes Vergehen und sonstige Kleinigkeiten. Im Grunde ist dieses winzige Implantat ein mobiler Röntgenscanner, der uns jedes Mal auszieht, sobald wir elektronisch erfasst werden.

Nach der Arbeit gehe ich wie jeden Montag zu meinem Lieblingschinesen. Chan ist kein richtiger Chinese, aber die Nudeln sind gut und die Ente knusprig. Als ich den kleinen Imbiss betrete, zuckt Chan beim Ertönen der Ladenglocke erschrocken zusammen. Es klingt, als ob man einen Roboter mit einem Verlängerungskabel erwürgen würde.

»Verdammt, Chan, wann lässt du das Scheißding endlich mal austauschen?«

»Was heißt hier austauschen?«, entgegnet der kleine Mann. »Diese Klingel hat mir über vierzig Jahre gute Dienste geleistet und vorhin ging sie auch noch einwandfrei ...« Chan geht zur Tür und schlägt gegen den Klingelsensor.

»Wenn du meinst ...«, gebe ich von mir und setze mich kopfschüttelnd an meinen Stammplatz.

»Wie immer, John?«

»Wie immer, Chan ...«

Der an der Scheibe herunterlaufende Regen verschleiert die Sicht nach draußen. Die verschwommenen Silhouetten der Leute, die durch den anhaltenden Regen huschen, erschweren es, Gesichter oder Geschlecht zu erkennen. Wie ein wuselnder Haufen Ameisen bahnen sie sich ihren Weg zum Ziel. Ich schaue ihnen von meinem trockenen Fensterplatz aus zu, wie sie sich durch die feuchten Massen schlängeln. Den Regenschirm mit der einen Hand angestrengt nach oben haltend und mit der anderen Hand ihr Tablet umklammernd.

Obwohl jeder vertieft in seinen elektronischen Lebenspartner ist, gibt es bemerkenswert wenige Zusammenstöße. Mein Blick wandert auf die gegenüberliegende Straßenseite. Dort entdecke ich einen Werbebildschirm für »Luna Project«. Verträumt schaue ich auf das Paradies der Schönen und Reichen. Jeder Multimillionär und Milliardär, der nicht völlig verrückt ist, hat sich einen Flecken auf dem weißen Riesen gekauft. Luna Project wird es genannt. Der Mond wurde aufwendig erschlossen und bewohnbar gemacht. Ich habe Bilder im Fernsehen darüber gesehen, wirklich atemberaubend. Jeder wünscht sich, dort oben sein Leben zu verbringen. Dort oben, wo es noch Platz gibt, reine Atemluft und einen Hauch Menschlichkeit.

»Hier, John, frisch und lecker«, sagt der Chinese und stellt mir den heißen Teller vor die Nase. Leicht erschrocken drehe ich mich zum Tisch um, wo meine Ente Chop Suey mit gebratenen Nudeln dampfend vor mir steht.

»Frisch und lecker? Hast du jetzt das Rezept geändert, Chan?«, frage ich.

»Sehr witzig. Du solltest mehr Respekt vor Älteren haben, John, das sage ich dir immer wieder!« Chan fuchtelt wütend mit seinem knochigen Finger vor mir herum. Ich grinse frech und stürze mich auf mein Essen.

»Lass es dir schmecken, du Hundesohn«, gibt er lachend von sich und geht wieder hinter seinen Tresen. »Sag mal, John, wann sehe ich dich hier endlich mal mit einer hübschen Frau an deiner Seite? Seit über drei Jahren kommst du jetzt jeden Montag zu mir und das immer alleine. Du solltest heiraten und Kinder kriegen wie mein Sohn Thien. Er hat schon drei und das vierte ist bereits unterwegs.« Während er spricht, schneidet der Chinese gekonnt ein Filet aus einem Rotbarsch, der vor ihm liegt.

»Ach, Chan, komm du mir nicht auch noch damit ...«, erwidere ich mit vollem Mund und verdrehe die Augen. Hoffentlich holt er nicht wieder seine Familienfotos heraus.

»Meine Schwester hat eine Enkelin in deinem Alter, das wäre doch was für dich.« Ich strecke den Daumen nach oben und schiebe mir ein großes Stück Ente in den Mund. Chan verschwindet unter seinem Tresen und spricht dabei weiter: »Warte, ich muss hier doch irgendwo ein Foto von ihr haben.« Während der kleine Mann dort unten wühlt, versuche ich, mein Esstempo zu beschleunigen. »Hier ist es!«, ruft er stolz und hält ein abgegriffenes Foto auf Papier nach oben.

»Ein bisschen jung, oder nicht?«, bemerke ich und beuge mich über den Tresen. Chan kramt nach seiner Lesebrille.

»Ja, in der Tat, das muss ein altes Foto sein«, versucht er zu erklären und taucht wieder unter der Ladentheke ab. »Warte, ich habe bestimmt noch ein aktuelleres hier.« Bevor Chan noch mehr Bilder aus seiner Schuhschachtel hervorholen kann, esse ich schnell auf und greife nach meinen Sachen.

»Kannst du es für mich anschreiben?«, frage ich und halte die Tür mit einem Fuß auf.

»Mach ich, aber denk über mein Angebot nach!«, ruft er mir nach, während die Ladentür hinter mir zufällt.

Zu Hause angekommen werfe ich erschöpft meine Tasche in die Ecke, hole mir einen Schokoladenriegel und setze mich ermüdet an meinen Computer. Im Hintergrund läuft wie immer der Fernseher. Ein Nachrichtensprecher berichtet von den aktuellen Ereignissen: »... ein erschreckendes Beispiel menschlicher Brutalität. Die Angehörigen trauern um die Opfer, unter denen sich hauptsächlich Kinder befinden ...« Ich fange an mich zu erinnern: Der Bombenanschlag an der letzten Schule hat über 680 Leben gekostet, angeblich war der Täter selbst Schüler dort. Er hatte einen Beutel mit Fluid-Sprengstoff in seinem Bauchraum versteckt. Geschickt eingebettet und dank modernster Chirurgie völlig unsichtbar. Hat sich in die Mitte des Gebäudes gestellt und darauf gewartet, dass der organische Timer in seinem Bauch abläuft. Irgendjemand findet immer eine Schwachstelle im System. Mich befällt ein kurzzeitiges Gefühl der Verabscheuung und Wut, das jedoch schnell wieder verfliegt. Draußen ist immer noch der Regen zu hören, es schüttet jetzt schon seit vier Wochen ununterbrochen. Der Niederschlag ist sauer und brennt auf der Haut, da wundert es keinen, dass sich kaum einer freiwillig im Freien aufhält. Vitamin- D- Präparate und eine kleine rosa Pille verwandeln das Schwarz in Hellgrau. Was als normales Medikament anfing, mutierte zur Hightech Designerdroge für jedermann. Pharmakonzerne verdienen Milliarden mit ihren kleinen Wirklichkeits-Manipulatoren. Immer ausgefeiltere Wirkungsmechanismen und individuell maßgeschneiderte Präparate erzeugen ein hohes Resultat. Heutzutage haben Antidepressiva denselben Stellenwert wie Vitamine, jeder nimmt sie und jeder redet darüber, kaum einer erträgt mehr die Realität ohne diese runden Glücklichmacher. Diskussionen über die neuesten Mittel und Nebenwirkungen füllen so manches Gespräch in Pausen, in der U-Bahn oder auf der Toilette - zwischen dem Abschütteln und Händewaschen.

Mir schmerzen die Augen vom angestrengten Starren auf den Bildschirm. Ich stehe auf, um mir die Beine zu vertreten. All das Sitzen lässt die Muskeln erschlaffen und ein bisschen Bewegung tut gut. Ich schlendere über den kleinen Hausflur in

Richtung Küche, um mir etwas zum Trinken zu holen. Der HoMaAc ist wieder einmal randvoll. Das hektische Blinken der Anzeige verrät mir, hier muss dringend der Spamfilter neu eingestellt werden.

Briefe auf Papier gehören schon lange der Vergangenheit an. Jede Wohnung ist mit einem eigenen Home-Mail Account ausgestattet, auch HoMaAc genannt.

Nachdem ich den Kühlschrank zum dritten Mal gründlich inspiziert habe, jedes Mal in der Hoffnung, doch noch das zu finden, wonach mir der Sinn steht, nehme ich mir frustriert ein Glas Leitungswasser. Trinkend bummele ich zurück in Richtung Wohnzimmer. Auf dem Flur passe ich nicht auf, stolpere ungeschickt über meine Arbeitstasche und verschütte einen Schwall Wasser auf dem Fußboden. Bevor ich mich versehe, stehe ich bereits mit einem Socken in der Pfütze. Laut fluchend greife ich mit der freien Hand an mein rechtes Bein und ziehe mir den nassen Strumpf vom Fuß. Als ich mich wieder aufrichte, fällt mir erneut der HoMaAc ins Auge. Ich lehne mich vor, in einer Hand das Glas Wasser haltend und scrolle mich durch die Nachrichten von heute. Werbung … Werbung … Werbung! Was ist das? Ein Brief von der Regierung?! An mich? Prustend verschlucke ich mich an meinem Wasser. Habe ich irgendwelche Rechnungen nicht bezahlt? Angespannt öffne ich die Mail ... Lesebestätigung erforderlich, darunter das offizielle Siegel der Regierung.

Sehr geehrter Mr. Coleman,

beim jährlichen Datenbankencheck sind uns einige Diskrepanzen in Ihrer Krankenakte aufgefallen. Wir möchten Sie deshalb zu einer ärztlichen Routineuntersuchung bitten. Das Anliegen ist von höchster Dringlichkeit und Notwendigkeit. Ein Missachten dieser Aufforderung wird als strafrechtliche Handlung angesehen.

Melden Sie sich bitte umgehend morgen, den 2. Februar 2077 um 9:00 Uhr in Sektor 13f, Zimmer 1223.

Mit freundlichen Grüßen

i.A. Rita Baker

Behörde für Seuchenkontrolle
E.P.A.

Mir bleibt fast das Herz stehen. Was kann das sein? Seuchenkontrolle? Vor Aufregung fangen meine Beine an zu zittern. Ich muss mich setzen. Das kann ich doch niemandem erzählen! Mir schießt eine schreckliche Befürchtung durch den Kopf. Habe ich mich irgendwo angesteckt, womöglich mit einem dieser Neo-Viren?

Neo-Viren sind von Menschenhand künstlich kreierte Viren. In der Wissenschaft wurden sie anfangs als Allheilmittel angepriesen, jedoch konnte man die mutationsfreudige Komponente nicht entfernen. Es starben Millionen. Der Virus mit der Bezeichnung EDNV-1 hat sich als besonders verheerend herausgestellt. Seine Inkubationszeit beträgt in der Regel nur wenige Stunden. Er verursacht schon im frühen Stadium eine Denaturierung der Synapsen im Gehirn. Der Krankheitsverlauf ist erschreckend. Hochgradige mentale Störungen sind die Folgen, von übersteuerter Aggression bis hin zur Selbstverstümmelung und starker geistiger Verwirrung. Der Zustand hält maximal sechs Tage an, danach gibt es eine Phase der Apathie. Das ist der Zeitpunkt, an dem der Krankheitserreger das Kleinhirn befällt. Die Menschen verharren und zeigen keinerlei Regung. Der Blick wird leer, dann sacken sie mit einem Mal in sich zusammen und erleiden den plötzlichen Herztod. Meine Mutter war Zeugin dieser schrecklichen Zeit. Sie verlor ihren Mann, ihre Schwester und einen guten

Freund. Die Regierung schätzte die Zahl der Toten damals auf über 320 Millionen weltweit.

Ich lehne mich auf dem Stuhl nach hinten. Meine Hände umklammern angespannt den Kopf und der Blick geht in Gedanken vertieft zur Decke. In meinem Kopf herrscht ein wahres Chaos. Schlimmste Szenarien und Befürchtungen regieren meine innere Leinwand. Ich verharre einige Minuten in dieser Position, bis ich mich losreißen kann. Ein wenig Fernsehen wird mich ablenken. Ich hasse es, zu warten, Geduld war noch nie meine Stärke. In den Nachrichten wird weiterhin über den letzten Anschlag berichtet. Weinende Mütter und aufgelöste Väter werden vor die Kamera gezerrt und befragt. Ich kann mich jedoch kaum darauf konzentrieren. Immer wieder springe ich auf und lese mir die Mail durch, in der Hoffnung Informationen übersehen zu haben, die die Situation vielleicht noch aufklären. Nach einer Weile krieche ich jedoch resigniert zurück auf mein Sofa und schlafe im flimmernden Licht des Fernsehers ein.

Am nächsten Morgen. Der Wecker klingelt. Erschrocken reißt es mich aus dem Schlaf. Ein kurzer Moment der Unwissenheit zwischen Schlaf und Wachzustand. Ich erinnere mich wieder ... das Adrenalin schießt in mir hoch. Müde tappe ich durch die Wohnung und begebe mich in Richtung Küche. Die Lichter in der Küche gehen selbstständig an, die Luft riecht abgestanden. Gerädert gehe ich zum Tee-Automaten. In der Spüle stapelt sich mal wieder das Geschirr und ich muss mir eine Tasse aus dem Abwasch fischen. Manchmal wünschte ich mir, ich hätte eine dieser modernen, voll automatisierten Wohnungen, die den Haushalt praktisch von alleine erledigen. Leider ist das nicht annähernd machbar bei meinem Gehalt, obwohl ich schon zur gehobenen Mittelschicht gehöre. Arbeit zu finden ist wie ein Sechser im Lotto und an jene armen Schweine, die keine haben, will ich gar nicht denken. Ich schiebe mir ein kleines Frühstück in den Thermo-Hydrogenisator und schaue nebenbei mit einem Auge fern.

Der Thermo-Hydrogenisator hat die Mikrowelle und den Herd in den meisten Wohnungen ersetzt. Dehydriertes Essen wird erhitzt und gleichzeitig befeuchtet. Was so einfach klingt, ist ein recht kompliziertes Verfahren. In erster Linie spart es Zeit und Geld, das worauf es heutzutage ankommt. Außerdem passen die komprimierten Lebensmittelwürfel problemlos in jeden noch so kleinen Schrank.

Der Fernseher verdrängt mehr die Einsamkeit, als dass er mich unterhält oder informiert. Es tut einfach gut, eine Stimme zu hören. Die Sonne blitzt kurz durch die große Fensterfront, der Regen hält noch immer an. Ich wasche mich und ziehe mich an. Als ich gerade zur Tür rausgehen will, klingelt es. Verdutzt betätige ich die Sprechanlage.

»Ja, bitte?«

»E.P.A., wir sind hier, um Sie abzuholen, Sir«, antwortet eine tiefe Stimme. Ich bin verwundert, davon stand nichts in der Mail.

»Ähm ... ja, einen kleinen Moment bitte, ich komme gleich runter.« Die Sache scheint ernster zu sein, als ich dachte. »... Scheiße ...«, fluche ich leise vor mich hin.

Ich schnappe mir meine Jacke und schwinge mich in den Aufzug. Routiniert drücke ich den Knopf für das Erdgeschoss und warte darauf, dass sich die Türen schließen. Nervös klappere ich mit den Zähnen im Rhythmus der an mir vorbeiziehenden Stockwerke, bis auf einmal die Tür aufgeht und die alte Dame aus dem 435ten Stock einsteigt. Ich kenne sie, weil ihr Hund mir mal in den Fuß gebissen hat und ich ihn gewaltsam wegzerren musste. Ihr gehört so ein kleiner verzogener Terrier. In ihren Augen war es natürlich nicht der Hund, der mich angegriffen hat, sondern ich, der ihrem Hund etwas antun wollte.

»Mr. Coleman ... so früh schon wach?«, sagt sie mit spöttischem Unterton. Ich kann mich nicht auf sie konzentrieren und nicke ihr flüchtig zu. »Wissen Sie, wer die kaputte Krücke in die Müllbeseitigung geschmissen hat? Der Hausmeister war bestimmt zwei Tage zugange, um das Gerät wieder zum Laufen zu bringen.«

»Keine Ahnung ...«, antworte ich desinteressiert.

»Mal wieder typisch, Sie fühlen sich wohl für überhaupt nichts zuständig!«

So sehr ich auch im Stress bin, das lasse ich mir jetzt nicht nehmen ... ich sehe sie an und presse die Lippen aufeinander. »Nicht wirklich ...« Die alte Dame dreht sich wieder weg von mir. »Moment mal ...«, sage ich und bekomme wieder ihre Aufmerksamkeit. »Mrs. Wilson geht doch auf Krücken, Sie wissen schon, die alte Dame aus dem 110ten. Soweit ich weiß, wurde sie schon seit Längerem nicht mehr gesehen. Hmmm ... da ist es doch nicht abwegig, dass sie sich beim Entleeren ihres Mülls zu weit nach vorne gebeugt hat, oder?«, sage ich und lege eine Hand auf ihre Schulter. »Ich meine, Sie wissen ja, wie gut der Schredder Küchenabfälle zerkleinert.« Die alte Frau sieht mich mit weit aufgerissenem Mund an. Ich grinse.

»Wie können Sie es wagen?! Sie sollten sich mal untersuchen lassen!«, zischt sie mich boshaft an und zieht ihre Schulter weg. Die Türen gehen auf und die Frau verlässt den Aufzug. »Sie sollten sich wirklich schämen, junger Mann ...«, höre ich noch, während die Türen sich wieder schließen und mein breites Schmunzeln verdecken. Unten angekommen warten zwei Kleiderschränke in Uniform auf mich. Ich komme mir vor wie ein Schwerverbrecher, den das FBI gefasst hat.

»Steigen Sie bitte ein, Sir.« Schrank Nummer eins zeigt höflich, aber bestimmend auf die leere Rückbank. Ich steige eingeschüchtert und ohne Widerworte hinten ein. Schrank Nummer zwei setzt sich zur Sicherheit neben mich.

»Wo geht es denn hin?«, frage ich freundlich.

»Anschnallen, bitte!«, gibt er in direktivem Ton von sich, ohne dabei auf meine Frage einzugehen. Ich sehe ihn mit großen Augen an und greife dann brav nach dem Sicherheitsgurt. Unbehagen macht sich in mir breit, das Ganze löst ein Gefühl von Nervosität und Übelkeit in mir aus.

Wir fahren in Richtung Zentrum. Die Hauptstraßen sind in mehrere Etagen unterteilt, um den unzähligen Autos, die sich durch die Milliardenmetropole schlängeln, Platz zu bieten. Wir fahren vorbei an von Menschen überfüllten Straßen, zahllosen Geschäften und unfassbar hohen Wolkenkratzern, die wie Berge in den Himmel ragen. Überall tummelt sich das Leben auf engstem Raum wie ein brodelnder Eintopf aus Armut, Leid und Dekadenz. Wir biegen in die »Anders Street« ein. In dem Gebäude am Ende der Straße habe ich einmal gewohnt. Ich erkenne es sofort an dem schiefen Fenster rechts außen an der Front. Angeblich habe der Hausmeister versucht, sich den Handwerker zu sparen und es damals nach einer Gasexplosion selbst repariert. Bin ich froh, dass ich in diesem Drecksnest nicht mehr wohne. Ich meine, ich wusste ja irgendwie, worauf ich mich da einließ. Aber als wenige Monate später ein Protox-Dealer in die Wohnung gegenüber einzog und ich aus Sicherheitsgründen von der Polizei mitüberwacht wurde, war mir schnell klar: Hier bleibe ich nicht lange. Ich glaube, die ausschlaggebende Wende kam, als ein Sondereinsatzkommando meine Wohnung stürmte und mich im Bad überraschte. Die Flachpfeife von Polizist hatte meinen elektrischen Rasierer, mit dem ich gerade vor dem Spiegel stand, als Bedrohung angesehen. Bevor ich ihm klarmachen konnte, dass man damit nur Haare stutzen kann und keine Dummköpfe, hatte ich bereits ein Elektroimpulsgeschoss am Bauch hängen. Diese Schmerzen werde ich nie vergessen. Mit eingenässter Unterhose und verkrampfter Muskulatur wurde ich dann aufs Präsidium gebracht. Die Anschuldigung wurde natürlich sofort fallen gelassen und ich bekam ein Schmerzensgeld, mit dem ich mich letztendlich in meine neue Wohnung einkaufen konnte. Alles in allem eine schöne Geschichte für gesellige Abende, nur den Teil mit der Unterhose lasse ich dabei doch lieber weg.

Wir kommen jetzt in die »Maple Street«, dem Geschäftsviertel. Hier sind Nichtanzugträger eine seltene Gattung. Ein wahres Prunkwerk des Kapitalismus. Nirgendwo in der Stadt ist es so modern und schön wie hier. Was für ein Kontrast zu der Gegend, aus der wir gerade kommen, in der die Straßenkinder ihre verstärkten Pappkartons wie kleine Hochhäuser stapeln, um einen Platz zum Schlafen zu finden. Und hier? Hier nimmt alleine der Brunnen Platz für ein Einfamilienhaus ein. Der Wagen kommt zum Stillstand.

»Wir sind da«, sagt der Agent mit monotonem Tonfall. Ich presse mein Gesicht neugierig gegen das Fenster. Sektor 13f, ein gigantischer Gebäudekomplex. Alle Behörden und staatlichen Institutionen sind hier zu finden. »Folgen Sie uns, bitte.« Mit einer knappen Handbewegung weist mir der Agent den Weg. Wir betreten das riesige Gebäude. Am Empfang grüßt eine Dame freundlich im Vorbeigehen, ich grüße zurück, die beiden Agenten zeigen jedoch keinerlei Regung. Wir nehmen den Aufzug. Einer der Männer gibt Stockwerk 345 in den Touchscreen ein. Es ist einer dieser komplett gläsernen Aufzüge mit der Sicht ins Freie. Wir rasen mit einer solchen Geschwindigkeit an den Stockwerken vorbei, dass mir ganz flau im Magen wird.

Als der Fahrstuhl an der 331ten Etage vorbeisaust, brechen wir mit einem Mal durch die regenverhangene Wolkendecke. Ich habe noch nie einen so schönen Durchbruch durch die Wolkengrenze miterlebt. Die Sonne durchflutet die kleine, gläserne Kabine. Das warme, helle Licht umhüllt meinen ganzen Körper. Für einen kurzen Moment verspüre ich ein tiefes Gefühl des Friedens. Es fühlt sich an, als ob jemand schlagartig das Licht eingeschaltet hätte. Am Boden ist es wie üblich grau, dunkel und ungemütlich. Aber hier fühle ich mich wie ein befreiter Vogel, der sein Leben lang in einem dunklen Käfig aus Stahl und Beton eingesperrt war. Ich schaue zu den beiden Agenten. »Tja, hätte ich mal auch meine Sonnenbrille eingepackt, was, Jungs?« Die beiden Männer, welche mit zusammengelegten Händen hinter mir stehen, blicken sich nichtssagend an. Oben angekommen, laufen wir einen langen, lichtdurchfluteten Gang entlang. Am Ende befindet sich ein kleiner Empfang, wo uns eine freundlich lächelnde Dame bereits erwartet. »Guten Tag. Sie müssen Mr. Coleman sein, Mr. Mowrer wartet bereits auf Sie«, sagt sie mit zuckersüßer Stimme. Die zwei Muskelpakete stoppen hinter mir.

»Hallo ... ja, das ist richtig ... hier rein?«, frage ich etwas konsterniert und deute auf die große Tür aus dunklem Holz.

»Ja bitte, Sir.«

Ich trete vor die Tür und klopfe zurückhaltend an. Mein Herz schlägt spürbar in meiner Brust. Ich werfe einen letzten Blick zurück, da ertönt von drinnen auch schon eine tiefe Stimme: »Treten Sie bitte ein.« Die Tür schiebt sich auf. Ich blicke in ein großes Büro mit einem etwas überdimensionierten Schreibtisch, an dem ein älterer Herr sitzt, schätzungsweise Mitte fünfzig, in einem Anzug, der nicht zu einer Beamtengehaltsstufe passt. Durch die komplett verglaste Außenwand hinter ihm blicke ich auf eine beeindruckende Skyline. Das Ganze wirkt nicht wie ein Büro, in dem normale Zivilisten abgefertigt werden. »Guten Tag, Mr. Coleman, haben Sie gut hergefunden?«, fragt mich der ältere Herr mit einem aufgesetzten Lächeln.

»Mein Name ist Mowrer.« Ich gebe ihm die Hand. »Das war ja weniger ein Problem, ihre Gorillaeskorte hat mich keinen Moment aus den Augen gelassen«, erwidere ich.

Mowrer lächelt breit. »Gut, gut.«

Er sieht mich gespannt an, dann bricht es aus mir heraus: »Hören Sie, ich bin ein normaler und ehrlicher Bürger! Ich gehe zu jeder Vorsorgeuntersuchung und habe mir noch nie etwas zuschulden kommen lassen, also warum zum Teufel bin ich hier?!«, schreie ich und erschrecke mich selbst über meine ungehaltene Art. Meine Hände zittern vor Aufregung.

Mowrer bleibt gelassen. »Beruhigen Sie sich, Mr. Coleman, mit ihrer Gesundheit ist alles in bester Ordnung. Entschuldigen Sie die kleine Scharade mit der Seuchenbehörde, aber es war der einzige Weg, die Sache vertraulich zu halten.« Gelöst senke ich die Hände und meine Haltung wird schlagartig entspannter.

»In bester Ordnung?«, frage ich verwirrt. »Warum bin ich dann hier?«

Mowrer setzt sich in einen antiken Sessel, der schätzungsweise aus dem zwanzigsten Jahrhundert stammt. »Mögen Sie Zigarren?«

»Wie bitte?«

»Zigarren, Mr. Coleman?«, fragt er erneut mit lauter Stimme.

»Nicht sehr ...«

Mowrer kramt seelenruhig in einer edlen Kiste aus dunklem, poliertem Rosenholz. Routiniert steckt er sich eine teuer aussehende Zigarre an. »Sagt Ihnen der Begriff Prä-Astronautik etwas?«, fragt er paffend.

»Nun ja ... ich habe darüber einmal eine Dokumentation gesehen, aber was hat das mit meiner Krankenakte zu tun ... Sir?« Ich entsinne mich wieder meiner guten Manieren und versuche, dem seriös wirkenden Herrn Respekt entgegenzubringen.

Mowrer lächelt freundlich, als wolle er meine Entschuldigung annehmen. »Sehen Sie, Mr. Coleman, wir sind uns mittlerweile ganz sicher, dass es sich dabei nicht nur um eine Verschwörungstheorie von langhaarigen Spinnern handelt.«

Ich setze mich in den Stuhl vor seinem Schreibtisch und sehe den Mann interessiert an. »Wie meinen Sie das?«

Mowrer zieht genussvoll an seiner Zigarre, der Rauch riecht süßlich und verteilt sich zugleich schwadenförmig im Raum. »Unsere Wissenschaftler haben herausgefunden, dass eine hochentwickelte außerirdische Intelligenz in der Frühzeit unserer Menschheitsgeschichte eine entscheidende Rolle zu unserer Entwicklung beigetragen hat. Genauer gesagt, waren sie es, die den Homo sapiens mittels Genkreuzung zu dem gemacht haben, wie wir ihn heute kennen.« Mowrer wartet auf meine Reaktion, aber ich sitze regungslos da. »Ist das ein Scherz?«

»Ich glaube nicht, Mr. Coleman«

Ich lache, in der Erwartung ebenfalls ein Lachen in seinem Gesicht zu entdecken. »Sie meinen das ernst ...«, erwidere ich dann feststellend.

»Ich meine es immer ernst, Mr. Coleman.«

»Nun gut, nehmen wir mal an, Sie haben recht. Was habe ich dann mit der ganzen Sache zu tun?«

»Dazu wollte ich jetzt kommen.« Mowrer betätigt die Sprechanlage. »Mrs. Baker, würden Sie bitte Dr. Oakland hereinbitten?«

»Natürlich, Mr. Mowrer«, klingt es lieblich aus dem Lautsprecher.

Die Tür geht auf und ein Mann im weißen Kittel und Turnschuhen betritt den Raum. Er ist um die dreißig, trägt eine eckige Hornbrille und einen Kinnbart.

»Guten Tag, Sie müssen John Coleman sein.« Der Mann schüttelt mir eifrig die Hand. »Ich bin Dr. Sam Oakland. Es ist mir eine Ehre, Sie endlich kennenlernen zu dürfen.«

»Dr. Oakland, erklären Sie Mr. Coleman bitte, was es mit dem Träger auf sich hat.«

»Natürlich, Sir. Ich nehme an, Mr. Mowrer hat Ihnen bereits von den Prätolisianern oder, wie wir sie nennen, den Erschaffern erzählt?«

»Ähm, nein ... nicht wirklich ...«, stammle ich.

»Sehen Sie ... wir können uns als Kinder dieser extraterrestrischen Spezies ansehen. Unsere neuesten Forschungen haben ergeben, dass über 4% unseres Erbmaterials nicht von unserer Erde stammen. Bislang waren das schlecht untermauerte Vermutungen, aber als wir den unterirdischen Kubus mit den Aufzeichnungen entdeckt haben, waren wir uns sicher.«

Ich habe keine Ahnung, von was der Mann da redet, aber so langsam komme ich mir verarscht vor. Ich sehe die beiden an. »Sicher worüber? Dass unser Vater E. T. war?«, lache ich laut in die Runde. Dr. Oakland rückt seine Brille zurecht. »Banal ausgedrückt, ja.«

Mir bleibt das Lachen im Halse stecken, denn wie zuvor bin ich der Einzige, der das Ganze hier für einen schlechten Scherz hält. Ich rechne damit, dass jeden Moment der Moderator einer Fernsehshow um die Ecke kommt und sich das Ganze aufklärt.

»Fahren Sie bitte fort, Dr. Oakland«, bittet Mowrer.

»Nun gut, wo war ich ... ach ja. Das Verrückte war, dass diese Aufzeichnung nicht etwa an die Erschaffer selbst gerichtet war, sondern an uns, ihre Kinder. Sie fragen sich jetzt bestimmt, wie wir diese Nachrichten so schnell entziffern konnten. Nun ja, ganz einfach. Die Prätolisianer beherrschen die universellste Sprache in unserem Universum. Sie basiert auf simpler Mathematik und ist daher für jedes logisch denkende Lebewesen verständlich.«

»Aha ... Und was stand da?«, frage ich skeptisch.

»Nun ... wenn wir den Schriften Glauben schenken, steht da zusammengefasst, dass wir nicht die einzige Zivilisation sind, die sie erschaffen haben. Die Prätolisianer reisen durch das All und kreieren neue intelligente Spezies auf erdähnlichen Planeten. Wenn diese Spezies dann herangereift ist, aktiviert sich nach einer gewissen Zeit ein kubusartiges Gebilde tief unter der Erde. In ihm finden sich verschiedene Schriften, genauer gesagt eine Art Test. Ein Test, um herauszufinden, ob die herangewachsene Spezies würdig ist, den nächsten Schritt zu machen.«

Ich kann mich vor Anspannung kaum auf dem Stuhl halten, trotz meiner Zweifel klingt das Ganze unheimlich spannend und trifft genau mein Interesse. »Und was ist der nächste Schritt?«

»Wenn wir die Schriften richtig interpretieren, zeigen sie uns, wo wir den Schlüssel finden ...«

»Den Schlüssel?«

»Ganz recht, den Schlüssel zu unserer Genetik.«

Ich fahre mir mit der Hand durch das Gesicht. »Wie?«, frage ich verdutzt. Jetzt meldet sich Mowrer wieder zu Wort, der sich die ganze Zeit über bedeckt gehalten hat.

»Wir stehen in der Genforschung sprichwörtlich vor einer Mauer. Uns fehlt der letzte Schlüssel, um in unsere Genetik selbstständig einzugreifen.«

»Ganz recht«, erklärt Dr. Oakland. »Wenn eine Spezies die höchste Stufe der Reife erlangt, ist es ihr erlaubt, ihre Evolution selbst in die Hand zu nehmen.«

»Schön und gut, aber wozu brauchen Sie das?«

Mowrer mischt sich wieder in die Unterhaltung ein. »In erster Linie? Genophage. Alle Versuche, die Fortpflanzung der menschlichen Spezies zu kontrollieren, sind gnadenlos gescheitert.« Mowrers Gesicht bleibt seltsam ausdruckslos. »Wir sind dabei einen Virus zu entwickeln, der per Gentherapie auf natürliche Weise und ohne jegliche Nebenwirkungen die Fruchtbarkeit bei Frauen vorerst auf eine Schwangerschaft reduziert. So kann der Staat die Vermehrung gezielt kontrollieren. Die Genophage ist unsere letzte Hoffnung.«

Das Ganze hört sich überaus unglaubwürdig an. Langsam werde ich ungeduldig. »Ich wiederhole mich nur ungerne, aber was habe ich mit der ganzen Sache zu tun?«

Dr. Oakland fummelt aufgeregt an seiner Brille herum. »Zu Ihnen komme ich gleich, Mr. Coleman. Es gibt eine Reihe von Tests, um mögliche schwache beziehungsweise unwürdige Spezies auszuschließen. Phase eins ist die Beständigkeit der Spezies. Sie muss eine gewisse Zeit lang existieren, ohne sich selbst zu eliminieren oder von anderen Arten ausgelöscht zu werden. Wenn das gegeben ist, geht sie über in Phase zwei, in der sich der Kubus aktiviert, um gefunden und gelesen zu werden. Danach folgt Phase drei, bei der es um das Lokalisieren des Trägers geht und in Phase vier um die Beschaffung des Schlüssels«, sagt Dr. Oakland und verschränkt die Arme.

»Und was ist ein Träger?«, frage ich verwirrt.

»Nun ja, das wären dann Sie, Mr. Coleman.«

Ich sehe die beiden fassungslos an.

»Ich? Inwiefern?« In meinem Kopf beginnt es zu kreisen.

»Die Prätolisianer erschufen damals einen ganz besonderen Menschen, den wir als Träger bezeichnen. In seinen Erbanlagen versteckten sie eine Art interstellare Raumkarte. Wir konnten unser Glück kaum fassen, als wir entdeckten, dass dieses alte Geschlecht des Trägers immer noch existent ist.«

In mir beginnt sich ein Gefühl von Macht und Stärke aufzubauen. Vom Bürolakaien zum Retter der Erde, denke ich mir und male mir in Gedanken schon mein neues Leben aus. Ich fange innerlich an zu strahlen. Oakland und Mowrer bleiben ernst.

»Es war ein Leichtes, diese Erbanlage aufzuspüren. Dank unserer Bioscan-Datenbank, in der alle genetischen Profile gespeichert sind, haben wir sie im Handumdrehen identifiziert«, sagt Dr. Oakland.

»Und jetzt wollen Sie die Koordinaten in meinen Erbanlagen auslesen?«

Mowrer lacht. »Entschuldigen Sie, Mr. Coleman, aber wir sind schon viel weiter. Wir haben die Koordinaten nicht nur bereits lokalisiert, sondern auch schon entschlüsselt.«

»Das ist ja schön und gut, aber wozu brauchen Sie mich dann noch?«

Jetzt drängt sich Dr. Oakland wieder in den Vordergrund. »Nun ja, wir wissen nicht, inwiefern wir Sie noch benötigen bei dieser Mission, aber laut Aufzeichnungen spielen Sie eine wichtige Rolle bei der Aktivierung des zweiten Kubus, den wir auf Terra 2 finden werden.« Ich muss schlucken. Damit hatte ich bei weitem nicht gerechnet. Krebs, Viren oder eine ansteckende Hautkrankheit, aber das hier? Meine Wenigkeit soll eine so wichtige Rolle in der Menschheitsgeschichte spielen? Ich blicke Dr. Oakland verunsichert an. Die innere Aufgedrehtheit schwindet mit einem Mal. »Wir mussten uns damit auch erst einmal abfinden ... ich meine, einen Zivilisten ins All zu schicken ... das ist verdammt riskant.« Als ich das höre, springe ich entsetzt auf.

»Mo...mo...ment mal! Ich fliege nirgendwo hin!« Da drängt sich Mowrer wieder zwischen uns.

»Das ist keine Frage des Wollens. Sie sind verpflichtet, der Menschheit diese Chance zu ermöglichen!« Sein Blick trifft mich tief und ich sacke wieder zurück in den Stuhl.

»Das ist lächerlich, ich meine, ich bin Steuerberater und kein Astronaut.«, argumentiere ich verzweifelt.

»Glauben Sie mir, Mister Coleman, für uns ist das weitaus schlimmer als für Sie.« Er sieht mich entschlossen an. »Es ist absolut fahrlässig, einen Zivilisten auf eine zwanzigjährige Mission ins All zu schicken. Aber wir haben nun mal keine Wahl und damit werden Sie sich genauso abfinden müssen!«, fügt er energisch hinzu und deutet wild gestikulierend mit dem Finger auf mich. Seine Worte lassen mich innehalten. Nachdenklich senke ich den Kopf und starre auf meine verschwitzten Hände ... »Nun ja, wir können Sie natürlich nicht zwingen«, schwenkt er dann auf einmal um. Oakland sieht Mowrer überrascht an und will protestieren, jener drängt ihn jedoch zur Seite. »So etwas ist keine einfache Entscheidung. Schlafen Sie ein, zwei Nächte darüber und geben Sie uns dann Bescheid«, sagt er und schaut mich freundlich an. »Tun Sie das Richtige, mein Sohn.« Nickend reicht er mir seine kräftige Männerhand. Ohne Worte schüttele ich sie. »Ach, noch etwas. Ich muss wohl nicht erwähnen, dass alles strengster Geheimhaltung unterliegt? Haben Sie verstanden?« Ich nicke ebenfalls.

Als ich das Büro verlasse, ruft mir die Sekretärin ein freundliches »Auf Wiedersehen!« hinterher, aber ich nehme ihre Stimme kaum wahr. In Gedanken vertieft fahre ich mit dem Aufzug wieder nach unten. Die Worte von Oakland und Mowrer klingen wie ein Echo in mir nach. Ich soll ins All fliegen? Ich meine, mir fällt es schon schwer, mich in einer neuen Wohngegend einzuleben und jetzt soll ich auf eine zwanzigjährige Mission ins Weltall fliegen? Mit einer zweifelhaften Gewissheit über den Erfolg dieser Unternehmung?

Ich fahre mit dem Speedtrain in Richtung Queens. Gleichgültig nehme ich einen Stehplatz ein und versuche erst gar nicht, einen der begehrten Sitzplätze zu ergattern. Zu Hause angekommen werfe ich mich ohne Umwege auf mein Bett und wickle mich wie ein verletztes Reh in meine Decke ein. Mein Kopf surrt förmlich vor Gedanken. Langsam falle ich in ein Loch tiefer Selbstzweifel und

Angst. Ich war gerade dabei, mich mit meinem Leben abzufinden. Mit meiner Wohnung, meiner Einsamkeit, dem Gefühl der Leere und meiner verhassten Stelle bei »Deckers & Son«. Hatte meinen Frieden damit geschlossen, dass mich im Leben nichts Größeres mehr erwartet, mich damit abgefunden, mein Leben so zu leben, wie es nun mal ist. Und jetzt kommt dieser feine Pinkel daher und schmeißt alles über den Haufen? Ich sehe auf meine Zeitprojektion an der Wand. Drei Uhr. An Schlaf ist jedoch nicht zu denken. Ich stehe auf und beschließe, einen Spaziergang zu machen. Eigentlich mache ich um diese Uhrzeit keinerlei Anstalten mehr rauszugehen, aber wenn ich noch länger in meiner beengenden Wohnung bleibe, fange ich an durchzudrehen.

Auf der Straße ist alles hell erleuchtet. Der gigantische Strom aus Menschen hat sich auf einige wenige Nachtwandler reduziert, die verlassen auf den Straßen umherirren. Das Laufen tut gut und ich beschließe noch in den Stadtpark zu gehen. Der Park ist nur wenige Minuten von meinem Block entfernt und weit und breit das einzige Fleckchen Grün. Spärlich beleuchtet und gespenstisch ruhig ist es hier um diese Uhrzeit. Angeblich soll hier nachts übles Gesindel herumstreunen, aber heute ist mir alles egal. Ich brauche dieses Grün und die Stille jetzt mehr als alles andere. Ich beschließe eine kleine Runde zu gehen und die Brücken und abgelegenen Plätze zu meiden. Als ich gerade wieder auf dem Heimweg bin, spüre ich einen harten Gegenstand in meinem Rücken.

»Streck den Arm aus!« Ich erschrecke und reiße sofort die Hände hoch.

»Wer ist da?«, frage ich, obwohl die Frage eigentlich unsinnig ist. Mir ist klar, dass es jemand auf meine Credits abgesehen hat.

Heutzutage ist Bargeld ein Fremdwort. Alles läuft über den B.I.C. Früher »reichte« es Dieben, den Arm des Opfers abzutrennen, um dann später an ihr Geld heranzukommen. Heute müssen sie sich etwas anderes einfallen lassen, denn mittlerweile gibt es einen wirksamen Schutz dagegen.

»Ich sagte, du sollst den Arm ausstrecken!« Seine Stimme klingt rau und verzweifelt.

Geschockt drehe ich mich um. Vor mir steht ein zerlumpter Obdachloser mit einem rostigen Messer in der Hand. Die Haare fettig und lang und das Gesicht schwarz vor Dreck. Sein Lumpengewand sieht aus wie ein ehemals teurer Anzug. Sein Gesichtsausdruck ist verzweifelt und seine Hand am Zittern.

»Verdammt, jetzt streck schon den Scheißarm aus, damit ich das Geld transferieren kann!«, sagt er in schroffem Ton und hält mir mit der anderen Hand einen Scanner hin. Ich stehe erschrocken vor ihm und starre ihn an.

»Was ist mit dir passiert?«, frage ich entsetzt.

»Was, was? Willst du mich verarschen? Gib mir dein Geld, verdammte Scheiße!«

Ich stehe weiterhin regungslos vor ihm und starre ihn an. Plötzlich bricht der Mann zusammen.

»Ach, Scheiße, ich kann das nicht, ich kann das nicht!«, schreit er und wirft das Messer auf den Boden. Er setzt sich auf eine Bank neben uns und lässt den Blick resigniert sinken. Ich bin immer noch gelähmt vor Schreck und sehe den zitternden Mann auf der Bank mit geweiteten Augen an.

»Ich habe alles verloren, alles ... mein Haus, meine Frau, meine Kinder, meinen Job«, bricht es aus ihm heraus. »Von heute auf morgen wurde ich vom erfolgreichen Geschäftsmann zum Penner degradiert. Ich schlafe in einem Pappkarton und lebe von dem Müll auf der Straße. Jede Nacht habe ich Angst, erschlagen oder ausgeraubt zu werden.« Ich weiß gar nicht, wie ich reagieren soll. Noch immer bin ich wie paralysiert. Ich sehe mir den zerlumpten Mann auf der Bank genauer an und beginne Mitleid für ihn zu empfinden. »Der Regierung sind wir ein Dorn im Auge, ganze Scharen gibt es von uns. Jeden Morgen muss ich mit ansehen, wie die Straßenreinigung jene von uns aufsammelt, die die Nacht nicht überlebt haben.« Seine Stimme klingt traurig. »Und sobald es dunkel wird, musst du dich vor den Patrouillen verstecken. Wer nicht schnell genug verschwindet, wird eingesammelt und nie wieder gesehen.«

38

»Das muss hart sein ...«, sage ich und löse mich aus meiner Starre.

Er blickt mich an. Die Augen in dem verdreckten Gesicht funkeln. »Hart? Du weißt doch gar nicht, was hart bedeutet. Frierend auf einem Stück Pappe zu liegen, der Magen zieht sich vor Hunger zusammen und dann diese stetige Angst ...«, entgegnet er ungehalten. Ich drehe mich von ihm weg, da fängt er an mich zu mustern. »Sag mal, was machst du hier eigentlich? Nachts im Park ist es nicht sicher, das solltest du doch wissen.«

Ich drehe mich wieder zu ihm um. »Ja, das stimmt, aber ich ... ich kann irgendwie nicht schlafen ...«

»Tzzz ... wie kommt's? Ist das Bett zu weich?«, fragt er spöttisch. Ich schenke der Provokation keinerlei Beachtung.

»Das verstehst du nicht ...«

»Oho, ich verstehe so einiges, versuch's doch mal.«

Ich hole tief Luft und setze mich in großem Abstand zu ihm auf die Bank. »Ich stehe vor der wichtigsten Entscheidung meines Lebens und habe Angst vor dem Risiko. Ich meine, ich fühle, dass es irgendwo meine Bestimmung ist, aber es ist alles so neu und ... ach, ich weiß auch nicht ...« Resigniert lasse ich die Schultern hängen.

»Ich verstehe.« Er streicht sich die Haare nach hinten. »Risiko ...«, antwortet er und lacht. »Ich verstehe dich vielleicht besser als du denkst. Das ganze Leben ist ein Risiko und manchmal kommen wir ohne Risiken nicht weiter ... Wir stagnieren und treten auf der Stelle. Viele würden sagen, ich hätte nicht in eine eigene Firma investieren dürfen, vor allem nicht bei dieser Wirtschaftslage, aber ich habe es getan und ich würde es wieder tun und weißt du warum?« Ich schüttle den Kopf. »Ganz einfach, weil ich es versucht habe und einen Traum von mir verwirklicht habe. Ich hätte mit der Frage: ›Was wäre, wenn?‹ nicht leben können. ›Was wäre, wenn ich es getan hätte?‹ Lieber lebe ich mit der Gewissheit, es versucht zu haben.« Seine weisen Worte überraschen mich. So etwas hätte ich von einem Penner aus der Gosse nicht erwartet. »Wenn du mich jetzt entschuldigst, ich werde weiter gehen. Und bitte verzeih mir den Überfall ...«

»Warte!« Ich greife nach seinem Scanner und halte ihn an meinen B.I.C. »Es ist nicht viel, aber wenigstens etwas ...«, sage ich und übertrage ihm ein wenig Geld. Das verschmierte Gesicht des Mannes fängt an zu strahlen. »Danke, damit rettest du mir heute Abend den Arsch«, sagt er und verschwindet wieder in der Dunkelheit.

Am nächsten Morgen werde ich vom schrillen Klingeln an der Haustür geweckt. Verschlafen stehe ich auf und gehe zur Gegensprechanlage.

Gedankenfetzen kreisen in meinem Kopf und erscheinen wie die Reste eines Traums.

»Ja, was ist?«, frage ich mit belegter Stimme.

»Mr. Coleman? Mr. Mowrer schickt uns, wir sollen Sie abholen.« Eine bekannte Stimme schallt aus dem Gerät. Erst jetzt realisiere ich, dass die Erlebnisse von gestern kein Traum waren.

»Wie? Jetzt schon?«

»Ja, Sir, jetzt.«

»Warten Sie, ich komme runter.« Verschlafen reibe ich mir die Augen, greife nach meiner Jacke und begebe mich nach unten. Am Auto angekommen setze ich mich auf die Rückbank des Wagens. Der Agent schaut mich leicht verwundert an. »Ja, ich hatte keine Zeit mehr, mich fertig zu machen ...«, sage ich genervt.

»Mr. Mowrer erwartet Ihre Antwort«, erwidert er knapp und dreht sich nach vorne. Ich spreche während der ganzen Fahrt kein Wort und sehe geistesabwesend aus dem Fenster. Bei Mr. Mowrer angekommen, bittet mich die Sekretärin herein. Mowrer und Oakland erwarten mich bereits.

»Ja, ich mache es«, verkünde ich entschlossen, bevor irgendjemand den Mund aufmachen kann. Mowrer setzt seinen Espresso ab und lächelt zufrieden.

»Das ist ja wunderbar. Ich wusste doch, dass es auch ohne Zwang geht«, gibt er von sich und schlürft zufrieden seinen Kaffee.

Ich setze mich in den Stuhl vor seinem Schreibtisch und sehe die beiden verunsichert an. »Der Gedanke an diese Unternehmung bereitet mir Übelkeit und Kopfzerbrechen, wenn ich ehrlich bin«, murmele ich dann kleinlaut.

Dr. Oakland lächelt. »Sie brauchen sich keine Sorgen zu machen, wir haben an alles gedacht, Sie werden den Flug heiler überstehen als ein in Watte verpacktes Fabergé-Ei.« Ich lächle wenig beruhigt zurück.

»Wunderbar. Dann lassen Sie uns sofort anfangen«, sagt Mowrer zufrieden und stellt die Tasse vor sich auf dem Tisch ab.

»Soll ich dann weiter nach Plan vorgehen, Mr. Mowrer?«, fragt Oakland. Mowrer nickt ihm zu. »Informieren Sie die anderen.«

Kapitel 2 - Aufbruch

Mittlerweile sind drei Monate verstrichen. Drei kräftezehrende Monate. Da ein komplettes Astronautenausbildungsprogramm zu lange gedauert hätte und ohnehin unnötig ist, weil ich laut Missionslog mehr als Frachtgut angesehen werde, hat man sich für den Anfängercrashkurs entschieden. Wochenlanges Fitnesstraining, Belastungstests und technische Grundeinweisungen standen auf meinem Plan. Der Gedanke ein Astronaut zu sein, reifte in mir heran und fing an, mir zu gefallen. Gegen Ende meiner Grundausbildung lernte ich meine zukünftige Crew kennen, die aus den besten Raumfahrern zusammengestellt wurde, die die Global Space Administration, kurz G.S.A., zu bieten hat. Da wäre einmal Captain Adam Freeman, recht kurz angebunden, hat angeblich eine steile Militärkarriere hinter sich. Der Navigator, James Kendall, ein lockerer Vogel, ist immer für einen Witz zu haben. Dr. Sam Oakland, Prä-Astronautik Forscher, den ich schon bei Mr. Mowrer kennengelernt habe. Professor Ryan Lankford, Archäologe und Spezialist für Sprachen und altertümliche Kulturen. Dr. Sara Whitman, eine junge, attraktive Ärztin. Sie wird später für jegliche Wehwehchen und Gebrechen zuständig sein. Und zu guter Letzt Robert Preston, der Techniker. Grober Typ mit vulgärer Aussprache, wirkt alles andere als vertrauenserweckend. Die Mitglieder sind bis auf Lankford und Freeman alle recht jung, schätzungsweise zwischen Anfang und Mitte dreißig. Unser Schiff, das unsere Heimat für die nächsten zwanzig Jahre sein wird, ist ein beeindruckendes Werk modernster Technik und Forschung. Es trägt den Namen »Erebos« und ist in die drei Hauptbereiche Steuerzentrale, Wohnräume und Maschinenraum eingeteilt. Gesteuert wird es hauptsächlich von S. E. A. (Spacecraft Environment Administration), einem intelligenten Supercomputer, der als Stimme und Gehirn des Schiffes agiert. Dank Gravitationsgeneratoren herrscht ständige Schwerkraft an Bord, was die Arbeit und das Leben auf dem riesigen Weltraumkreuzer erheblich erleichtert.

Tag 6. Seit dem Start ist mittlerweile knapp eine Woche vergangen. Sobald wir den Asteroidengürtel durchquert haben, der unser Sonnensystem umgibt, werden wir in die Kryostase übergehen. Dies ist eine Art Kälteschlaf, der wie ein komaähnlicher Tiefschlaf erlebt werden soll. Sämtliche Körperfunktionen werden praktisch auf Null reduziert. So sollen Jahrzehnte und sogar Jahrhunderte mühelos überbrückt werden, besagt zumindest die Theorie. Mir lässt der Gedanke, zwanzig Jahre lang wie Tiefkühlgemüse eingelagert zu sein, keine

Ruhe. Die anderen scheint das irgendwie wenig zu kümmern.

Meine Kabine, die ich mein eigenes kleines Reich nennen darf, ist etwas eng, aber gemütlich. Ich habe ein großes Panoramafenster mit Sicht nach draußen, das ich bei Bedarf verdunkeln kann. Direkt darunter befinden sich mein Bett, ein Schrank für meine Sachen und ein kleiner Schreibtisch. Das Ganze ist ziemlich schlicht gehalten und dennoch vollkommen ausreichend. Ich bin froh, dass ich überhaupt einen Rückzugsort habe. Im Grunde erinnert mich der kleine Raum an mein erstes Appartement kurz nach der Schulzeit. Ich bin damals sehr früh ausgezogen und wurde von meiner Mutter unterstützt. Der einzige Unterschied ist wahrscheinlich, dass meine jetzige Kabine einen wunderschönen Ausblick auf die unendliche Weite des Weltraums bietet und nicht auf den Hinterhof eines Stripklubs.

Im Team werde ich nur schwer aufgenommen. Den anderen missfällt der Gedanke, dass ein Zivilist mit an Bord ist. In der Regel werde ich bei jeder Arbeit zur Seite geschoben und nonverbal als Ballast gekennzeichnet. Der Umgang mit Preston fällt mir besonders schwer. Er sieht in mir aufgrund meines geringen Alters und meiner fehlenden Kompetenz einen verweichlichten Nichtsnutz, der die ganze Mission gefährdet. Er kommt mir vor wie ein Neandertaler, dem zufällig ein Handbuch über

Ingenieurswesen in die Hände gefallen ist. Mit seinem Machogehabe und den grenzwertigen Sprüchen, die nur er und Navigator Kendall lustig finden, beißt er sich seinen Weg durch unsere Gruppe. Die einzigen Mitglieder, mit denen ich warm werden kann, sind Lankford und Whitman.

»Wollen Sie auch einen Kaffee, John?«, fragt mich Dr. Whitman.

»Nein danke, ich trinke nur Tee.« Ich stochere mit dem Löffel in meinem Becher herum. »Wissen Sie, wann wir den Asteroidengürtel passieren?« Die junge Ärztin hantiert am Kaffeeautomaten herum, zischend läuft der heiße Muntermacher in die bereitgestellte Tasse. Ich sitze am Tisch und umklammere mein Heißgetränk. »Kendall sagt, das könnte noch gut drei Monate dauern.«

Ich schaue sie nachdenklich an. »Wie sicher ist diese Stasis eigentlich?«

Sie lacht und streut etwas Zucker in ihren Kaffee. »Sicher genug. Es ist wahrscheinlicher von einem Mikroasteroiden getroffen zu werden als in Kryostase zu sterben.« Wenig beruhigt lächle ich kurz auf.

Plötzlich öffnet sich die Tür und Preston betritt den Aufenthaltsraum. Er putzt sich mit einem alten Stofflappen seine ölverschmierten Hände ab. Im Mund glimmt eine Zigarette mit einem langen Ascherest. Er stellt sich vor uns und zieht die Zigarette von den Lippen. »Wir können von Glück reden, dass wir keine größeren Lecks bekommen haben.« Er redet von dem Zwischenfall vor drei Tagen, bei dem ein Mikroasteroid die Außenhaut im Fitnessbereich durchschlagen hat. Jetzt prahlt er mit seinen Fähigkeiten und drückt die Geschichte jedem aufs Auge, der auch nur in seine Nähe kommt.

»Möchten Sie auch einen Kaffee, Preston?«, fragt Whitman höflich. Der Techniker lächelt unverschämt.

»Oh, ich möchte noch viel mehr als nur einen Kaffee, Süße.« Er drückt die Zigarette im Spülbecken aus, zischend erlischt die Glut.

Whitman dreht sich angewidert weg. »Sie wissen doch, rauchen ist hier verboten, auch für Weltraumcowboys.« Preston grinst und stellt sich hinter sie.

»Und wie ist es mit dir, Bubi, schon was Produktives gemacht oder stierst du nur unserer schönen Rothaarigen hinterher?« Er schaut mich provokativ an.

Ich bleibe locker und lasse mir die Stichelei nicht anmerken. Genüsslich schlürfe ich meinen Tee. »Immer noch besser, als mit offenem Hosenstall hier den Alpha-Gorilla zu markieren.« Dr. Whitman lacht kurz auf und wird böse von Preston angeschaut. Bestürzt sieht er an seiner Hose herunter, leert seinen Kaffee in einem Zug und kommt dicht an mich heran.

»Erfüll du erst mal deine Aufgabe, Bürschchen, dann sehen wir, wer hier lacht.« Er schnappt sich einen Apfel vom Tisch, beißt mit einem großen Bissen hinein und verschwindet kauend in Richtung Maschinenraum.

Whitman setzt sich mit ihrem Kaffee zu mir an den Tisch. »Kaum zu glauben, dass wir von derselben Spezies sind.« Ich lächle sie zustimmend an. Auch wenn ich Preston nicht ausstehen kann, so hat er doch recht. Sie ist wirklich eine Schönheit. Mir fällt es schwer, ihr nicht hinterherzuschauen.

»Wie hat es sie eigentlich auf das Schiff verschlagen? Ich meine, eine Ärztin von Ihren Qualitäten könnte sicherlich in der Chefetage sitzen.« Whitman schmunzelt geschmeichelt. »Die Leere ... mein Leben wurde immer trister und monotoner, dabei war es schon immer mein Traum neue Welten zu entdecken.« Sie sieht mir verstohlen in die Augen. »Und Sie, John? Was war Ihre Position in der Gesellschaft vorher?«

Ich fasse mir leicht verlegen an den Hinterkopf. »Ich war Steuerberater. Jedoch nicht, weil es mein Traumberuf war, sondern weil dort statistisch die meisten Stellen frei waren. Kundenbetreuung wird eben immer noch von Menschen gemacht und nicht von Maschinen, ein Glück.«

Whitman nickt. »Ich verstehe das. Kaum jemand kann noch das machen, wozu er Lust hat, in unserer hochspezialisierten Gesellschaft.«

»Kommen Sie gleich mit in den Fitnessbereich?«, frage ich sie etwas zurückhaltend.

»Das klingt gut, aber ich werde auf der Brücke erwartet, eigentlich schon vor zwei Minuten.« Sie leert zügig ihren Kaffee und stellt die Tasse in die automatische Reinigungseinheit. »Wir sehen uns«, lächelt sie mir zu und verschwindet durch die Tür. Ich lächle angetan zurück.

Tag 27. Die Lebensräume des Schiffes sind wirklich umfangreich und lassen keine Wünsche offen. Aus Gründen des Wohlbefindens und zur körpereigenen Vitamin D3 Synthese, sind alle Räume mit diffusen Tageslichtanlagen ausgestattet, die wie große, milchige Glasfenster aussehen. Sie simulieren die Sonneneinstrahlung nach dem Tag-Nacht-Rhythmus auf der Erde. Morgens ist das Licht ganz schwach und wird über den Tag verteilt immer stärker, bis es abends wieder abnimmt und letztendlich ganz verdunkelt. Das hilft die innere biologische Uhr im Takt zu halten und beugt Depressionen sowie Psychosen vor.

Das Schiff ist riesig. Es gibt einen Fitnessbereich, einen Wellnessbereich, einen Simulationsraum, einen Gesellschaftsraum mit Billardtisch, Dartscheibe und kleiner Bar sowie einen Aufenthaltsraum mit einer großen Küche und Sitzgelegenheiten. Für die Verpflegung steht ein schiffseigener Hydrokultur-Garten zur Verfügung. Dort werden

Obst, Gemüse und sonstige Nutzpflanzen kultiviert. Tierisches Eiweiß wird in Form von synthetischem Fleisch zu sich genommen. Das Fleisch wird im Zuchtschrank in handlichen Größen und Portionen gezüchtet und ist vom Original nicht zu unterscheiden. Die synthetische Fleischproduktion hat auch auf der Erde schon lange die Massentierhaltung abgelöst, welche nicht nur teuer war, sondern auch viel Platz in Anspruch nahm.

Ich habe mir mit der Zeit einen regelmäßigen Alltag angewöhnt. Das ist eigentlich ungewöhnlich für mich, außerhalb meiner üblichen Arbeit. Schlaf ist eine sehr gute Methode, sich hier die Zeit zu vertreiben. Darum stehe ich meistens erst um elf oder zwölf Uhr vormittags auf. Danach wasche ich mich, gehe in den Fitnessbereich und entspanne anschließend im Wellnessbereich. Da ich nicht frühstücke, gehe ich direkt zum Mittagessen über. Nachmittags steht dann die Teambesprechung an, bei der aktuelle Vorfälle thematisiert und Aufgaben verteilt werden. Durch meine unqualifizierte Position an Bord habe ich viel Freizeit, was neidische Blicke auf mich zieht. Das stört mich jedoch schon lange nicht mehr. Abends vertreibe ich mir die Zeit oft im Simulationsraum. Da die Arbeitszeiten meiner Crew immer gleich sind, weiß ich, wann ich welchen Raum ganz für mich alleine nutzen kann. So vermeide ich ungewollte Konversationen.

Der Simulationsraum ist wie eine utopische virtuelle Welt, in der man sich leicht verlieren kann. Man sitzt in der Mitte des Raumes und wird, je nach Programm, zum Beispiel von einer atemberaubenden Naturkulisse umgeben. Zu einer echten Landschaft kann man keinen Unterschied feststellen, bis auf die Tatsache, dass man bei dem Versuch seine Umwelt anzufassen, ins Leere greift.

Meine Lieblingssimulation ist das Fliederfeld im sommerlichen Irland, eine der vorinstallierten Standardsimulationen. Ich sitze mitten in einem endlos scheinenden, lilafarbenen Meer. Es weht eine leichte Brise, der Flieder rauscht sanft im Wind und verströmt einen dezenten Duft. Im Hintergrund höre ich eine leise Brandung und wenn ich über den Flieder schaue, blicke ich über eine hohe Klippe direkt auf die Keltische See. Es hat etwas Beruhigendes und Meditatives sich hier aufzuhalten, außerdem hilft es gegen auftretendes Heimweh nach der Erde, auch wenn ich noch nie in Irland war.

Tag 53. Schweißgebadet reißt es mich aus dem Schlaf ... ich sehe verstört auf die Uhr, 6:07 Uhr. Verschwitzt setze ich mich auf die Kante meines Bettes und reibe mir durch das Gesicht. Es ist immer derselbe Traum: Die Stase wird eingeleitet. Die Kälte strömt durch meinen Körper und das Atmen fällt mir immer schwerer. Wie in einer

Wachnarkose spüre und höre ich alles, aber ich kann mich nicht bewegen. Panisch schreie ich lautlos um Hilfe. Niemand hört mich ... Ich spüre, wie mein Herzschlag immer langsamer wird, bis er mit einem Mal stoppt.

Geschockt verharre ich einige Minuten auf meinem Bett und starre mit leerem Blick zu Boden ... Ich muss irgendwie den Kopf freikriegen. Eine heiße Dusche ist jetzt genau das Richtige. Zerzaust bewege ich mich in Richtung Waschbereich. Im Halbschlaf bemerke ich das »Besetzt« Zeichen am Duschraum nicht. Ich drücke auf den Türöffner und betrete nichts ahnenden den Raum. Da stehe ich überraschenderweise vor der völlig nackten Dr. Whitman. Sie ist gerade fertig mit dem Duschen und trocknet sich ab. Auf einmal bin ich hellwach! Erschrocken stehen wir uns beide regungslos gegenüber. Die Tür hinter mir schließt sich wieder. Der Dampf umhüllt sie wie ein durchsichtiger Schleier. Das Wasser tropft von ihren perfekten Brüsten, wandert ihren Bauch hinab und sammelt sich in ihrer feuerroten Schambehaarung. In meinem ganzen Körper kribbelt es. Ich stottere ein: »Ent... entschuldigen Sie!«, drehe mich schnell wieder um und versuche, den Türöffner zu betätigen, treffe jedoch vor lauter Hektik das Touchpad nicht, rutsche auf dem feuchten Boden aus und stoße mir mit voller Wucht den Kopf an der verschlossenen Metalltür ... Ich merke nur noch, wie ich langsam zu Boden gehe, dann ist alles schwarz. ... Stille ...

Wenig später finde ich mich mit tierischen Kopfschmerzen auf der Krankenstation wieder. Dr. Whitman ist über mich gebeugt und Prof. Lankford assistiert ihr. Ich bin noch immer benommen und vernehme ihre Stimmen nur am Rande meines Bewusstseins.

»Reichen Sie mir bitte die Injektion, Lankford.«

»Diese hier?«

»Nein, die andere bitte. SEA, ich brauche ein CT und ein Tiefen-MRT des Schädels.«

Ein Laser tastet meinen Kopf ab. Meine Ohrenspitzen fangen an, warm zu werden.

SEA: »Untersuchung des Patienten John Coleman abgeschlossen.«

Ich spüre einen stechenden Schmerz an der Stirn gefolgt von starken Kopfschmerzen. Ich schrecke auf. »Wo bin ich?« Whitman schaut mir lächelnd in die Augen, in der linken Hand die Injektion haltend.

»Willkommen zurück! Auf der Krankenstation, Sie Tölpel.« Ihre Stimme klingt besorgt, obwohl ein Hauch Ironie darin zu erkennen ist. »Wie fühlen Sie sich?« Ich versuche mich aufzurichten. Ein stechender Schmerz lässt mich jedoch wieder zurücksacken.

»Echt Scheiße!«

Whitman lacht. »Das nächste Mal lassen Sie die Tür offen, wenn Sie mich in der Dusche überraschen wollen.«

Ich lache verlegen zurück. »Ach ja, die Dusche«, bemerke ich und taste den Verband an meinem Kopf ab. Mein Schädel fühlt sich an, als ob ein Schrank darauf gelegen hätte.

»Ruhen Sie sich erst mal aus, die Wunde ist frisch verklebt. Nicht anfassen, sonst verwischen Sie die synthetische Haut und das Gewebe vernarbt!«, erklärt sie und zieht meine Hand vom Verband weg. »Ich muss jetzt zur Teamsitzung.« Dr. Whitman streift sich die Handschuhe ab, wirft sie geschickt in den Mülleimer und verlässt den Raum.

Lankford, der unbeteiligt in der Ecke steht, sieht Whitman hinterher. Als sie den Raum verlassen hat, tritt er näher an mein Bett heran. »Sie machen ja Sachen.« Er schmunzelt hörbar. »Bleiben Sie uns noch etwas erhalten.«

»Ich gebe mir Mühe«, entgegne ich und meide seinen Augenkontakt verunsichert. Ich versuche mit einem Themawechsel von meiner peinlichen Aktion abzulenken. »Sagen Sie mal, wie haben Sie den Kubus eigentlich gefunden, so tief unter der Erde, und warum hat man ihn nicht schon vorher entdeckt?«

Lankford sieht mich verwundert an. »Was? ... Ähm ... Nicht wir haben ihn gefunden, sondern er uns ...«

Plötzlich öffnet sich die Tür und Captain Freeman betritt den Raum. »Prof. Lankford, Sie werden im Konferenzraum erwartet. Und Coleman! ... Sie versuchen, am Leben zu bleiben, wäre doch gelacht, wenn wir Ihretwegen auf halber Strecke wieder umdrehen müssten.«

»Ich komme ...«, antwortet Lankford und folgt Freeman in Richtung Steuerzentrale.

Als alle weg sind, falle ich erschöpft in einen tiefen Schlaf ... Ich werde erst wieder wach, als ich leise Stimmen aus dem Nebenraum höre. Ich erkenne Dr. Oakland.

»Wir müssen dafür sorgen, dass der Träger unbeschadet auf Terra 2 ankommt. Wir dürfen nicht scheitern! Projekt Persephone hat höchste Priorität! Ich musste den Fall Mr. Mowrer melden. Er verlangt, dass wir Coleman stärker unter Beobachtung nehmen.«

»Ich verstehe, dann leiten Sie alle nötigen Maßnahmen ein«, höre ich Freeman sagen.

»Gut ...«

Ich höre Schritte auf dem Gang. Leise betritt jemand die Krankenstation. Ich schließe die Augen und mime den Schlafenden. »Mr. Coleman?« Es ist Dr. Oakland. »Hören Sie mich? Wir machen uns alle Sorgen um Sie«, sagt er und putzt seine Brille mit meiner Bettdecke.

»Mir fehlt nichts. Ist nur ein Kratzer ...«

Oakland setzt seine Brille wieder auf. »Wir haben uns überlegt, dass wir Sie stärker in die Arbeit an Bord involvieren möchten. Sie werden in Zukunft mit Prof. Lankford zusammenarbeiten.«

»Als Handlanger?«, frage ich entgeistert.

»Als wissenschaftlicher Assistent«, korrigiert mich Oakland. »Dr. Whitman sagt, die Wunde wäre nicht sehr tief, aber aufgrund Ihrer Gehirnerschütterung bleiben Sie noch eine Nacht auf der Station.« Ich nicke ihm zu. »Nun gut, ruhen Sie sich aus«, sagt er und verlässt den Raum wieder.

Als Oakland weg ist, muss ich über das Gespräch zwischen ihm und Freeman nachdenken. Ich habe noch nie von einem solchen Projekt gehört und mir ist auch nicht bekannt, dass wir unserer Mission einen Decknamen gegeben haben. Das Ganze verunsichert mich genauso wie die Tatsache, dass Freeman und Oakland sich so bedeckt gehalten haben. Und was soll die Überwachung bedeuten?

Tag 67. Die Verletzung verheilt sehr schnell und bald merke ich nichts mehr davon. Dank der synthetischen Haut habe ich nicht einmal eine Narbe an der Stirn. Die Wissenschaft hat mal wieder ganze Arbeit geleistet. Lediglich eine Art Phantomschmerz macht sich ab und zu an meiner Stirn bemerkbar. Dr. Whitman sagt jedoch, das sei normal und würde in wenigen Wochen verschwinden. Die Arbeit mit Lankford ist zu meinem Erstaunen recht angenehm und interessant. Es tut gut, wieder eine Aufgabe zu haben und sich nicht völlig nutzlos zu fühlen. Er ist einer der wenigen hier an Bord, der in mir mehr als nur ein Missionsobjekt sieht.

Lankford schiebt mit einer Handbewegung Dateien von seinem Tablet auf den Großbildschirm. »Haben Sie die neuen Daten in den Großrechner eingegeben?«, fragt er mich.

»Ja, schon vor einer halben Stunde ...«, antworte ich und spiele mit meinem Tablet herum.

»Gut, dann helfen Sie mir bitte beim Sortieren der Chiffren.« Er schließt mit einer Handgeste mein Programm. Ich lege das Gerät wieder zur Seite und konzentriere mich auf ihn. Lankford und ich sitzen gemeinsam mit Preston, Kendall und Whitman im Aufenthaltsraum und versuchen, zu arbeiten.

»Was suchen wir hier eigentlich gerade?«, frage ich neugierig.

»Eine Art historische Aufzeichnung der Prätolisianer ...«

»Um herauszufinden, wo der zweite Kubus liegt?«

»Das ist der Plan«, erwidert Prof. Lankford und lächelt.

Ich gehe zur Getränkeeinheit und hole mir ein Glas eiskalte Limonade. »Sagen Sie mal, Lankford, wer oder was waren die Prätolisianer eigentlich genau?«

Er streicht sich über sein Kinn. »Nun ja ... laut den Schriften sind sie die älteste Spezies des Universums. Alle anderen extraterrestrischen Lebensformen wurden von ihnen verbreitet. Sie reisten von Planet zu Planet, um dort Leben zu säen. Auf jedem erschufen sie eine intelligente Spezies, die direkt von ihnen abstammt. Dazu kreuzten sie ihre Gene mit denen einer auserlesenen heimischen Lebensform.«

Ich sehe ihn ungläubig an und nehme einen großen Schluck Limonade. »Und warum duplizierten sie sich nicht selbst auf dem Planeten, das wäre doch die einfachste Methode gewesen?«

»Weil jeder Planet, wie Sie vielleicht wissen, seine eigenen speziellen Umweltbedingungen hat. Darum passen sich Lebewesen auf natürliche Weise den Gegebenheiten auf der Oberfläche an und haben somit die besten Überlebenschancen. Sich einfach nur zu duplizieren hätte da wenig Erfolg.«

»Ach so, und wie kommt es dann, dass wir noch keine anderen Zivilisationen getroffen haben im Laufe der Zeit?«, frage ich und setze mich wieder zu ihm an den Tisch.

Lankford zuckt mit den Schultern. »Wir vermuten, dass die Distanzen einfach zu groß sind oder sie uns nicht für interessant genug halten ... Wer weiß.«

»Wissen Sie denn, ob andere Zivilisationen die Tests der Prätolisianer bestanden haben?«, frage ich.

»Wir gehen stark davon aus, da wir bestimmt nicht die erste intelligente Spezies sind, die sie erschaffen haben.«

Ich sehe Lankford begeistert an. »Im Grunde könnte man ja von Göttern reden.«

Er schmunzelt kurz und lehnt sich nach hinten. »Im übertragenen Sinne, ja ...«

Jetzt meldet sich Preston zu Wort, der zuvor stumm eine Handvoll Erdnüsse gegessen hat. »Moment mal, Professor, soll das heißen, wir fliegen im Auftrag einer uralten Schnitzeljagd in das Wochenendhaus von dem Mann mit dem weißen Bart und den Ledersandalen?« Der Techniker lacht lauthals, sodass sich auf dem Fußboden vor ihm überall kleine Erdnusstücke verteilen.

Kendall, der Schiffsnavigator, steigt mit in das Gespräch ein und setzt noch einen drauf. »Verdammt, dann hätte ich meine neue Angelausrüstung ja doch mitnehmen können.« Preston und Kendall lachen. Ich verdrehe genervt die Augen.

»Sehr witzig, Jungs«, entgegnet Whitman. »Mich würde viel mehr interessieren, ob es auf Terra 2 eine sauerstoffhaltige Atmosphäre gibt, frei von jeglichen Toxinen.«

Lankford sieht konzentriert in die Runde. »Es ist höchstwahrscheinlich, da Sauerstoff die beste

Energiequelle für komplexes Leben ist. Ergo werden die Prätolisianer dafür gesorgt haben, dass die Atmosphäre auf Terra 2 lebensfreundlich ist.«

»Außerdem, wenn sie uns wirklich erschaffen haben, wissen sie auch, dass wir Sauerstoff zum Überleben benötigen«, werfe ich ein. Prof. Lankford nickt.

»Und wenn nicht, haben wir ja noch unsere Anzüge«, sagt Kendall.

»Was genau suchen wir dort eigentlich, ich meine, wie sieht diese Information aus?« Lankford wendet sich wieder mir zu.

»Das ist etwas kompliziert. Wir haben die menschliche DNA so gut wie komplett entschlüsselt, bis auf eine winzige Anomalie, die in jedem Chromosom vorkommt und die wir als Sequenz-Sperre bezeichnen. Jene verhindert den vollständigen Einblick in die Sequenzen, wodurch keine erfolgreiche Modifikation oder Auslesung möglich ist. Und obwohl die Veränderung sehr gering ist, reicht sie aus, um unsere Forschung vor die Wand zu fahren.«

»Dafür gibt es doch Entschlüsselungsprogramme«, entgegnet Kendall.

Prof. Lankford lacht. »Wenn das so einfach wäre, säßen wir jetzt nicht hier. Die Verschlüsselung ist so überaus komplex und exotisch, dass unsere besten Hochleistungsrechner sie noch nicht einmal ansatzweise dechiffrieren konnten. Es scheint nahezu unendlich viele Möglichkeiten zu geben«, sagt er und schweigt für einen Moment. »Sobald wir jedoch die Chiffre der Sequenz-Sperre geborgen haben, übermitteln wir sie per Funk zur Erde, somit trifft der Code noch vor uns ein.«

Preston steht vom Stuhl auf. »Ich bekomme Kopfschmerzen von eurem ganzen Sequenzen- und Codierungsgewäsch. Wenn mich jemand sucht, ich bin in meiner Kabine und horch an meiner Matratze.« Er streift die Erdnussschalen vom Tisch, schmeißt den Rest in die Entsorgungseinheit und verlässt den Raum.

Kendall springt jetzt ebenfalls auf. »Ich werd auch langsam gehen, meine Schicht fängt gleich an«, sagt er und schließt sich ihm an.

Das ist der Moment, auf den ich gewartet habe. Jetzt kann ich die Frage stellen, die mich seit der Krankenstation nicht mehr loslässt. Ich werfe einen prüfenden Blick auf die Tür des Aufenthaltsraumes. »Da gibt es etwas, dass ich schon die ganze Zeit loswerden will. Als ich auf der Krankenstation lag, konnte ich Freeman und Oakland belauschen, wie sie über ein gewisses Projekt Persephone redeten und dass es von höchster Priorität sei.«

»Projekt Persephone?«, fragt Dr. Whitman verwundert.

»Das kann ich mir schlecht vorstellen«, wirft Lankford ein. »Darüber wäre ich informiert worden.«

»Ich gebe nur wieder, was ich gehört habe ...«, sage ich und halte unschuldig die Hände vor meine Brust.

»Wie sicher sind Sie sich bei diesen Informationen? Ich meine, Sie hatten eine schwere Gehirnerschütterung«, erwidert Lankford.

»Ich weiß, was ich gehört habe und wie sie es gesagt haben.« Energisch stehe ich von meinem Stuhl auf.

Prof. Lankford wird stutzig. »Normalerweise müssen wir in alles eingebunden werden. Ich kann nicht glauben, dass uns Informationen vorenthalten werden. Wir können das nur im Auge behalten, was Besseres fällt mir nicht ein.« Whitman nickt zustimmend.

»Wir müssen doch mehr tun können, als nur abwarten«, erwidere ich entsetzt.

Lankford sieht mich fragend an. »Was denn? Freeman darauf ansprechen? Wenn die Information topsecret ist, was ich nämlich glaube, dann wird er alles abstreiten und uns unter Beobachtung nehmen lassen.«

»Das sehe ich auch so«, stimmt Whitman ihm zu.

»Es gibt nun mal Informationen, die nicht für uns bestimmt sind. Wir müssen da einfach Vertrauen haben.«

Enttäuscht sinke ich in meinen Stuhl zurück. Lankford steht ruckartig auf. »So, wir haben noch einen ganzen Haufen Arbeit vor uns. Besser wir machen gleich weiter, denn mich beunruhigt die unbestimmte Position des Kubus auf Terra 2.«

Whitman stimmt ihm zu. »Und ich werde mir etwas zu essen machen, wir sehen uns heute Abend im Gesellschaftsraum.«

Unzufrieden gehe ich wieder zurück an die Arbeit. Das Ganze lässt mir keine Ruhe. Ich spüre, dass da etwas faul dran ist und anscheinend bin ich der Einzige, den das so stark beschäftigt. Ich muss unbedingt mehr über das Projekt Persephone in Erfahrung bringen, denn irgendwie traue ich Freeman und Oakland nicht über den Weg.

Tag 118. Mittlerweile sind über drei Monate vergangen und der verhängnisvolle Tag, der mir den Schlaf raubt, rückt immer näher. Die Erde ist durch das Fenster schon lange nicht mehr zu sehen, lediglich durch die immer kleiner werdende Sonne bekommt man ein ungefähres Gefühl, welche Strecke wir bereits zurückgelegt haben. Die Navigation durch das Asteroidenfeld sorgt für höchste Konzentration an Bord. Ich halte mich zurück und versuche, so wenig wie möglich im Weg zu stehen. Selbst Preston, der sonst immer Zeit fand mir eins reinzuwürgen, schenkt mir kaum Beachtung. Whitman und ich sind die Einzigen, die vom Trubel an Deck verschont bleiben. Das kommt mir ganz gelegen, denn so ergibt sich die Möglichkeit, sie näher kennenzulernen. Diese Frau bezaubert mich ungemein mit ihrem leicht gelockten, weinroten Haar und ihrem zarten, femininen Wesen. Sie ist der Grund, warum ich in dieser Konservendose noch nicht völlig durchgedreht bin. Abends sitzen wir oft zusammen und reden bis spät in die Nacht hinein über alles Mögliche. Mittlerweile freue ich mich auf den Abend mehr als auf den Tag.

»Sara, darf ich dir etwas zeigen?«, frage ich sie leicht nervös.

»Ja ... klar.« Sie streicht sich verlegen durchs Haar und lächelt mich an.

»Dann folg mir bitte.« Ich führe sie zum Simulationsraum, wo ich zuvor eine Kleinigkeit vorbereitet habe. »Weißt du noch, wie du mir von der Farm deiner Großeltern erzählt hast und davon, wie gerne du früher am kleinen Fluss in dem Laubwald hinter ihrem Haus gespielt hast?«

»Ja, natürlich ...«, erwidert sie neugierig.

Ich lächle stolz. »Nun ... es hat etwas gedauert, aber mit der Hilfe von SEA und älteren topografischen Karten habe ich eine Simulation für dich geschrieben.« Ich richte meine Stimme an die KI: »SEA, Simulation Georgia_3.2 abspielen.« Sara blickt mich mit großen Augen an. Das Programm startet.

Wir stehen in einem ländlichen Waldstück im Frühling. Vor uns ein im Sonnenlicht glitzernder kleiner Fluss. Darüber hängen lange Trauerweiden, die mit ihren Ästen leicht die Wasseroberfläche streifen. Am Ufer wächst saftiges, grünes Moos, durchsetzt mit Blumen und Gräsern. An der Uferböschung fliegen bunte Libellen und lassen sich auf Grashalmen nieder, die sich zum Fluss senken. Zu hören ist lediglich das leichte Rauschen des Wassers und entfernte Vogelstimmen. Ich bin selbst erstaunt über mich, wie leidenschaftlich ich diese Umwelt geschrieben habe. Saras Gesicht hellt sich auf, ich kann in ihr das achtjährige Mädchen erkennen, das tagsüber mit ihren Puppen am Fluss spielte und sich abends mit ihrem Teddybären zur großen Eiche schlich, wenn es zu Hause mal wieder Ärger gab.

»Oh, John!«, sagt sie gerührt. »Das ist so wundervoll! Es ist fast so, wie ich es in Erinnerung habe.« Sie drückt mir einen Kuss auf die Wange und schaut mir tief in die Augen. »Danke!« Ich bin ganz starr, meinen Körper durchzieht schlagartig ein wallendes Wärmegefühl. Ich beuge mich nach vorne und küsse sie vorsichtig. Sie erwidert meinen Kuss und rückt näher an mich heran. Mein Pulsschlag erhöht sich. Sie streckt sich zu mir nach oben und flüstert mir ins Ohr: »Ich möchte dir auch was zeigen ...«

Sie nimmt mich an die Hand und wir gehen in Richtung Schlafbereich. In meiner Kabine angekommen schließt sie die Tür. Sie lächelt mich an und schaut mir sinnlich in die Augen. Ich spüre die Wärme ihrer Haut, die auf meine trifft. Sie ist ganz weich und blass. Wir ziehen uns gegenseitig aus und küssen uns dabei abwechselnd. Ich halte mit einer Hand ihr Gesicht und mit der anderen suche ich den Taster für die Fensterblende. Die Blende hebt sich geräuschlos und die orangefarbenen Strahlen des Jupiters, der wie ein gigantischer Mond drei viertel des Fensters einnimmt, treffen auf ihre perfekte milchweiße Haut. Wie auf einer Leinwand zeichnet sich die Schönheit des Universums auf ihr ab. Schönheit, die ihresgleichen gefunden hat. Sanft lege ich sie auf mein Bett und liebkose ihren nackten Körper, ich wandere von der Brust langsam tiefer in ihren duftenden, roten Schambereich. Sie fängt leise an zu stöhnen und fährt mir mit ihren schlanken Fingern durch mein langes Haar. Zitternd vor Verlangen lege ich mich auf sie. Sie wirkt so zerbrechlich und zierlich wie Porzellan. Ich küsse ihren wohlriechenden Nacken, lecke sie am Hals und dringe tief in sie ein. Sie erwidert meine Bewegungen mit lautem Stöhnen. Schwitzend und geradezu animalisch lasse ich mich treiben und bringe sie lustvoll zum Schreien. Ich ziehe mich aus ihr zurück. Wandere mit meinem Mund ihre Schenkel hoch und kühle ihren bebenden Vulkan mit meiner Zunge. Sie drückt ihren Unterleib weiter in mein Gesicht und ringt nach Luft. Ich stimuliere sie so stark, dass sie laut aufschreit und dann entspannt im Kissen versinkt. Ich stemme mich mit den Armen nach oben und drehe

66

mich auf den Rücken, ihre Augen dabei fixierend. Kaum erholt von ihrem Höhepunkt, krallt sie sich an meine Brust und fährt mit ihrer Zunge langsam meinen Bauch hinunter. Mein ganzer Körper kribbelt, als ob er unter Strom steht, die Arme fühlen sich taub und kraftlos an. Ihre Zunge geht tiefer und umkreist langsam meinen Penis. Ihrer wilden Lust ausgeliefert, streichle ich zitternd ihren Kopf. Dann wandert ihre Zunge zu meiner Penis-spitze und sie leckt sie wie ein schmelzendes Eis. Aufbäumend erwidere ich das Liebesspiel und kralle mich an ihrem Arm fest. Ihre Bewegungen werden immer kräftiger und sie fängt zusätzlich an, ihre Hände einzusetzen. Ich bäume mich immer stärker auf, bis ich stöhnend die Erlösung erfahre. Erschöpft legt sie ihren Kopf auf meine Brust und schaut durch das offene Panoramaglas. Ich brau-che eine Weile, bis ich wieder zu Sinnen komme und das Kribbeln nachlässt. Es fühlt sich an wie eine Welle aus angenehm schmerzhaften Nadelsti-chen, die langsam abklingt - schwer zu beschrei-ben.

Kleine vorbeifliegende Asteroiden werfen längliche Schatten, die in meine Kabine fallen. Wir liegen beide zusammengekuschelt auf meinem Bett und sehen dem Schattenspiel zu.

»Manchmal stelle ich mir vor, einer dieser kleinen Asteroiden zu sein«, sagt Sara. »Jahrelang durch das All schwebend, um mich herum meine Freunde, Verwandten und geliebten Menschen. Keine Sorgen, keine Hektik, kein Stress. Einfach nur schweben mit einem gleichmäßigen Tempo im Bann eines Planeten.«

Ich seufze. »Keine Sorgen und keine Hektik ... das klingt wie das Paradies.« Verträumt streiche ich mit einer Hand über ihr duftendes Haar.

»Was hast du vor, wenn du wieder zurück bist?«, fragt sie mich leise.

»Auf der Erde?« Sie nickt leicht. »So weit habe ich noch nicht gedacht.«

Mir graust es bei dem Gedanken, mein altes Leben wieder aufzunehmen. Mich in den Alltag wieder einzugliedern und diese soziale Kälte einer überfüllten Milliardenmetropole zu spüren. Der monotone Arbeitstrott. Die bettelnden Kinder in den Straßen, die Massenarmut. Der überladene Speedtrain. Mein mir verhasster Job. »Nein! Ich wünschte, wir würden nie mehr zurückkehren«, stelle ich entschlossen fest.

»Ich auch«, flüstert sie und schließt ihre Augen.

Tag 119. Ich wache friedlich auf. Endlich eine angenehme Nacht, in der ich seelenruhig schlafen konnte. Der Platz neben mir ist leer, nur noch ein lieblicher Duft von ihr verrät mir, dass ich nicht geträumt habe. Ich laufe strahlend in Richtung Waschbereich und hoffe, Sara zufällig über den Weg zu laufen. Jedoch ist sie nirgendwo zu sehen.

Auch als ich im Fitnessbereich nach ihr suche, entdecke ich sie nicht. Eine leichte Enttäuschung macht sich in mir breit. Ich schaue in allen Räumen nach, doch ich kann sie nirgends finden. Das ist ungewöhnlich für sie, in der Regel laufen wir uns ständig über den Weg. Meine Stimmung legt sich langsam wieder. Zweifel und Fragen machen sich in mir breit. Hat sie mich nur benutzt? Ist es für sie nur etwas Körperliches gewesen? Geknickt gehe ich zur Teamsitzung. Als ich den Raum betrete, bestätigt ein hastiger Blick in die Runde meine Vorahnung. Sara ist nicht anwesend. Enttäuscht setze ich mich auf meinen Platz und schaue zum Captain, der das Wort ergreift.

»Wie Sie alle wissen, ist es morgen so weit. Wir gehen über in Kryostase für 19 Jahre, 4 Monate und 11 Tage. SEA überwacht unseren Schlaf und lenkt das Schiff zielsicher an seinen Bestimmungsort. Über die Sicherheitsbestimmungen sind Sie alle aufgeklärt worden. Ich wiederhole es aber nochmal. Die Stase unterliegt mehreren Schutzmechanismen. Unsere Körperfunktionen werden ständig überwacht und bei jeglichen Unregelmäßigkeiten leitet SEA eine automatische Wiederbelebungssequenz ein, in der unsere Vitalfunktionen sicher und schnell wiederhergestellt werden. Es besteht also kein Grund zur Sorge oder Panik.« Freeman sieht mich dabei an.

»Und was ist, wenn SEA einen Stromausfall hat?«, fragt Kendall.

Da schiebt sich Preston in den Vordergrund. »Das ist kein Problem. Jeder dieser kleinen Kühlschränke ist mit einem eigenen Notstromaggregat ausgestattet. Sobald SEA die Lichter ausgehen, wird dein Arsch ruckzuck wieder aufgetaut.« Er grinst breit in die Runde.

Plötzlich geht die Tür auf und Sara betritt den Raum. »Die Stasekammern sind gecheckt und funktionsbereit. Ich bitte alle, sich nachher zur medizinischen Voruntersuchung in die Krankenstation zu begeben. Coleman, Sie nicht, Ihre Daten haben wir bereits.« Sie wirft mir einen flüchtigen Blick zu.

Freeman nickt. »Gut, Sie haben sie gehört. Nun zurück an die Arbeit.« Er steht auf und verlässt den Raum. Whitman folgt ihm.

Ich springe auf und laufe ihr auf den Gang nach. »Sara! Warte!«, rufe ich. Kendall und Preston schauen mir verwundert hinterher. »Ich muss mit dir reden ...« Sie nimmt mich beiseite.

»John ... es tut mir leid«, sagt sie und wendet den Blick beschämt ab. »Es ... es war ein Fehler.« Sie blickt zu Boden und verschwindet in Richtung Steuerzentrale. Geschockt verharre ich auf der Stelle und schaue ihr nach. Mit einem Mal steigt die Angst vor der Stase wieder und ein tiefes Loch tut sich in mir auf.

Ich brauche einige Minuten, bis ich es schaffe, mich wieder in Richtung Quartier zu bewegen. Ein schwerer Klumpen, der früher mal mein Herz war, zieht mich zu Boden. Als ich gerade in meiner Grübelei versinken will, sehe ich beim Passieren der Mannschaftskabinen etwas Seltsames. Dr. Oakland sitzt meditierend mit einer Art metallenem Stirnband vor seinem Rechner. Ich stelle mich in den Türrahmen und schaue ihm zu. Er hat die Augen geschlossen und sieht völlig entspannt aus.

Kapitel 3 - Träum was Schönes

Tag 120. Ich wache schweißgebadet auf. Heute ist es so weit. Meine Hand zittert vor Aufregung. Ich schlage mir auf den Handrücken. »Reiß dich zusammen, John!«, sage ich zu mir selbst. Ich mache mich fertig und verlasse mein Quartier. Als ich im unteren Deck ankomme, stehen alle schon bereit. Navigator Kendall hält mir einen Anzug vor die Nase: »John, steigen Sie in Ihren Bio-Suite.«

Der Bio-Suite ist eine Art Lebensversicherung und Überwachung. Er hilft SEA nicht nur unsere Vital-Funktionen zu überprüfen, sondern reanimiert uns selbstständig im Notfall.

Ich ziehe ihn mithilfe von Kendall an. »Sitzt doch super«, sagt er und klopft mir dabei auf die Schulter.

Captain Freeman kommt herein. Wir stehen alle in einer Reihe wie bei einer Militärvisite. »Ich bin kein Freund von langen Reden. Ich persönlich war bis jetzt nur einmal in Stase. Es gibt Schöneres, aber auch Schlimmeres! Wichtig ist nur, sich an die Regeln zu halten. Legen Sie sich jetzt bitte alle in Ihre beschrifteten Kammern. Dr. Whitman wird herumgehen, um Sie an die Geräte anzuschließen und anschließend die Stase einzuleiten. Viel Glück und bis in 19 Jahren, 4 Monaten und 11 Tagen.«

Nervös begebe ich mich in die Kammer mit der Aufschrift Coleman und atme tief durch. Mein Herz klopft immer schneller und hüpft mir fast aus dem Anzug. Sara kommt und fängt an, mich mit der Kammer zu verkabeln.

»So, alles bereit!«, ruft sie laut. Ich atme immer heftiger und schwitze so stark, dass mir der Schweiß von der Stirn läuft. Sie beugt sich zu mir vor. »Träum was Schönes«, flüstert sie und gibt mir einen Kuss auf den Mund. Ich halte verwundert inne und blicke ihr in die Augen. »Leite jetzt Stase in Kammer 1 ein!«, ruft sie.

Ein stechender Kältestoß durchströmt meinen gesamten Körper. Meine Gliedmaßen werden taub. Ich atme schneller. Meine Lungen fühlen sich immer schwerer an, bis ich sie nicht mehr bewegen kann. Die Sicht schwindet. Ich erkenne nur noch verschwommene Umrisse, dann Schatten, bis alles in Dunkelheit versinkt.

... Stille ...

Traumphase

Ich stehe in unserem alten Wohnzimmer und sehe mich als kleines Kind. Ich bin vier Jahre alt und spiele mit meinem Cybopuppy. Das war mein Lieblingsspielzeug. Es ist im Grunde wie ein richtiger Hund, nur mit tollen Extras. Wenn ich klatsche, tanzt mein Puppy im Takt und macht dabei die lustigsten Verrenkungen.

Meine Mutter kommt herein. Sie ist traurig und hat kürzlich geweint. Ich starre sie an, nicht wissend, wie ich mit der Situation umgehen soll. Sie sieht mich an und fängt wieder an zu weinen. Ich will sie trösten und umarme im Stehen ihre Beine. Jetzt beginne ich auch zu weinen. Sie beugt sich zu mir runter und nimmt mich in den Arm. »Daddy wird es nicht schaffen, Johnny«, schluchzt sie. Ich schaue sie verständnislos an.

Ich bin noch so jung ... und nicht annähernd in der Lage zu realisieren, was meine Mutter mir sagen will. Mein Vater hat EDNV-1, auch Encephale dilabi genannt. Wir müssen ihn, aufgrund der Überfüllung in den Krankenhäusern, im Arbeitszimmer einsperren. Ich fahre jedes Mal ängstlich zusammen, wenn ich diese grausamen und unmenschlichen Laute aus dem Zimmer höre. Das laute Klopfen an der Tür, das Schreien und Brabbeln von sinnlosen Wortketten.

Ich kann diese Nacht nicht schlafen und beschließe heimlich die Tür zum Büro meines Vaters zu öffnen. Vorsichtig spähe ich durch den Türspalt. Da sehe ich meinen Vater, wie er mit dem Rücken zu mir auf dem Boden kniet und etwas sucht. Ich öffne die Tür. Plötzlich dreht er sich zu mir um. Ich erstarre vor Angst. Er schaut mir ins Gesicht, aber ich kann seinen Anblick nicht einordnen, da ich so etwas zuvor noch nie gesehen habe. Es fehlt etwas, etwas Wichtiges.

Er hat sich eigenhändig die Augen herausgerissen und sucht nun tastend mit seinen blutverschmierten Fingern danach. »Hast du meine Brille gesehen, mein Junge? Ich kann sie nirgendwo finden«, fragt er verzweifelt.

Ich schreie so laut ich kann. Meine Mutter stürmt ins Zimmer, erschrickt lautstark und reißt mich an sich. Das waren die letzten Worte, die ich von meinem Vater gehört habe. Er starb in jener Nacht. Was blieb, war ein leeres Zimmer und ein Trauma, das in Vergessenheit geraten war ...

Meine Gedanken werden wieder unschärfer ... Ich befinde mich auf einem dunklem Fluss. Hilflos treibe ich durch die Gedankenwelt meines Unterbewusstseins. Es gehen Türen auf, die ich tief und fest verschlossen hatte, sowohl mit schönen als auch tragischen Erinnerungen ...

Ich bin auf meiner Abschlussfeier. Meine Mutter hat extra einen Kuchen gebacken und meine

Verwandten eingeladen. Es riecht nach Schokolade und Cognac. Alle strahlen mich an, schütteln mir die Hand und beglückwünschen mich. Es ist einer der schönsten Momente in meinem Leben. Endlich weg von der Schule. Endlich befreit von all dem Stress. Ab jetzt wird das Leben einfach und angenehm, rede ich mir immer wieder ein. Tante Sally überreicht mir einen großen Briefumschlag, in dem sich ein dicker altmodischer Scheck befindet.

»Ich bin so stolz auf dich«, sagt sie und drückt mir einen feuchten Kuss auf die Wange. Das Geld hat sie für mich seit 18 Jahren angespart. Es ist nicht die Welt, aber genug, um sich den einen oder anderen Teenagertraum zu erfüllen.

Am Anfang gibt es Kaffee und Kuchen. Ich hasse diese Tradition. Ich bin mehr der Typ für deftige Speisen. Als dann der Braten aufgetischt wird, strahle ich breit über das ganze Gesicht. Ich bin so glücklich und zufrieden wie selten in meinem Leben ...

Langsam schließt sich diese Tür und meine Erinnerungen verwaschen wieder. Ich treibe immer weiter, nicht wissend, wohin mich meine Reise führt ...

Ich bin im Büro von Mr. Mowrer. Er unterhält sich angespannt mit Oakland und Freeman. Die zwei sehen bekümmert aus. Mowrer schlägt energisch auf den Tisch.

»Wir dürfen nicht versagen, wie oft soll ich Ihnen das noch sagen?!«, schreit er lauthals.

Freeman und Oakland sitzen gehorsam wie zwei Schuljungen auf ihren Stühlen vor seinem Schreibtisch.

»Wir brauchen den Träger, ohne ihn haben wir gar nichts«, gibt Oakland kleinlaut von sich. Im Hintergrund erkenne ich das Firmenlogo eines Pharmakonzerns. Ich versuche konzentriert die Schrift zu lesen, jedoch verschwimmt sie ständig vor meinen Augen. »Wir brauchen ihn lebend, wir haben allen Grund zur Annahme, dass er auf Terra 2 von entscheidender Bedeutung sein könnte.«

Mowrer sieht ihn streng an. »Wir können keinen Zivilisten ins All schicken! Was ist, wenn er Probleme macht und die Mission gefährdet? Wissen Sie, wie viel Geld auf dem Spiel steht?«

Da meldet sich Freeman zu Wort: »In diesem Fall wäre eine schnelle Anästhesie und die frühzeitige Einleitung in die Kryostase sinnvoll, Sir.«

Mowrer steht auf und schaut nachdenklich durch die große Glasfront. »Haben wir denn eine Wahl? Sorgen Sie mir dafür, dass wir den Schlüssel bekommen. Das Mittel ist bereits fertig, die Investoren warten schon ungeduldig. Wir brauchen nur noch diesen verfluchten Schlüssel!«

Die Unterhaltung wird von einem eintönigen Geräusch gestört, das von ganz weit her zu kommen scheint. Ich versuche mich auf das Gespräch zu konzentrieren, aber der Ton wird immer penet-ranter. Die Verbindung bricht langsam ab und ich verinnerliche immer mehr das dröhnende Signal, welches wie eine Welle durch meinen Körper fließt. Ich spüre einen krampfhaften Schmerz, der mich intervallartig durchzieht, wieder ... und wieder ... und wieder ...

Auf einmal reiße ich mich schlagartig hoch. Ich ringe panisch nach Luft und zerre mich aus meiner Kammer. Krampfend liege ich am Boden und huste mir die Seele aus dem Leib. Meine Augen schmer-zen und vernehmen nur ein verschwommenes, unscharfes Bild. Das Geräusch ist jetzt unüberhör-bar. Es scheint eine Art Notsignal zu sein. Schwer hustend und würgend liege ich am Boden. Meine Muskeln sind steif vor Kälte. Das schwache Licht brennt in meinen Augen und nur langsam zeichnen sich scharfe Konturen ab. Ich will mich aufrichten und stütze mich dabei zitternd an meiner Kammer ab. Mein Kopf fühlt sich an, als ob er mit einem Vorschlaghammer zusammengestoßen wäre. Bibbernd sehe ich mich um und versuche, meine Lage zu realisieren. Langsam sammeln sich meine Gedanken und ich erinnere mich. Mir fällt der Erste-Hilfe-Kasten, der am unteren Ende jeder Kammer angebracht ist, ins Auge. Hektisch reiße ich die Klappe auf und hole die goldfarbene Wär-medecke heraus. Die Temperaturanzeige meines Bio-Suite zeigt 32 Grad an, das grenzt an einer mittelgradigen Unterkühlung. Ich versuche mich zu bewegen, um weitere Wärme aufzubauen. Nach einer guten Viertelstunde bin ich erstmalig wieder fähig, zu stehen und fange an, mir meiner Lage bewusst zu werden. Etwas muss gewaltig schief gelaufen sein, denn so sollte der normale Reaktivierungsvorgang nicht ablaufen. Ich schaue mich um und bemerke, dass alle anderen Kammern noch geschlossen sind. Ich bin der Erste, der wach ist. Da stimmt was nicht, ich sollte doch zuletzt reaktiviert werden.

»SEA, bitte um Berichterstattung«, sage ich mit heiserer Stimme. Keine Antwort. Ich begebe mich zum blinkenden und laut tönenden Notsignal, das ich mit einem Klick deaktivieren kann - endlich Ruhe. »Verdammt, was ist hier passiert?! SEA, Berichterstattung ...«, schreie ich hustend ... Keine Antwort.

Ich gehe zur Hauptkonsole und wische den Staub vom Touchscreen. Das Bild des Monitors ist eingefroren, sieht wie ein schwerwiegender Systemfehler aus. Ich versuche, das System neu zu starten, da erscheint eine Anzeige: »Systemkernel manuell rebooten«.

Der Kernel, auch Systemkern genannt, ist der zentrale Bestandteil des Betriebssystems der Erebos.

Der Systemkernel liegt tief unten im Maschinenraum. Und das weiß ich nur, weil ich Preston einmal zufällig davon reden gehört habe. Ich habe keinerlei Einweisung in die Basis-EDV des Schiffes bekommen. Verzweifelt hämmere ich mit der Hand gegen meinen Schädel. Entsetzen steht mir breit auf die Stirn geschrieben. Wie soll ich mit dieser schwachen Beleuchtung bis runter in den Maschinenraum kommen? Außerdem, wie starte ich das System neu?

Ich durchsuche den Notfallkasten an meiner Kammer in der Hoffnung, etwas Brauchbares zu entdecken. Zu meinem Glück finde ich eine kleine Taschenlampe. Ich leuchte prüfend auf eine meiner Handflächen. Der Strahl ist hell und auf einen kleinen Radius fokussiert. Es ist nicht viel, aber für das Erste sollte es reichen.

Ich leuchte den Raum aus. Im Lichtkegel der Lampe rieselt der Staub wie ein Schneesturm im Hochgebirge. Anscheinend ist die Lüftung schon vor langer Zeit ausgefallen. Der Raum ist bis auf wenige LED-Lichter und Touchscreens von Geräten und Armaturen stockfinster.

Ich leuchte auf die Kryokapseln meiner Crew. Sie sind alle noch in Stase. Eine kleine Kontrolllampe verrät mir, dass die Kapseln noch funktionstüchtig sind. Ich gehe zu Sara hinüber. Geschwächt ziehe ich mich an ihr Sichtfenster heran. Mein Atem beschlägt an der kleinen Scheibe ihrer Kammer. Sie sieht aus wie ein schlafender Engel, blass und wunderschön. Erschöpft sinke ich zu Boden und kauere mich an die Außenwand ihrer Stasekammer. Ich fange bitterlich an zu weinen. Tränen laufen mir das Gesicht hinunter und sammeln sich an meinen Lippen. Mein Atem kondensiert im Schein der Taschenlampe und wirbelt weiteren Staub vom Boden auf. Das ganze Schiff ist stark abgekühlt und wird durch das Notversorgungssystem auf Minimaltemperatur gehalten. Ich liege am Boden, frierend, zitternd und ohne Hoffnung. Verzweiflung lässt den Tod immer attraktiver für mich werden.

Doch mit einem Mal erwacht mein Überlebenstrieb und Adrenalin wird durch meine Adern gepumpt. Essen! Ich muss Nahrung zu mir nehmen oder ich bin in der nächsten Stunde tot. Mein Körper läuft auf absoluten Notreserven. Der Versorgungsbereich ist nicht weit weg von hier, das sollte ich schaffen. Laut stöhnend ziehe ich mich an der Kammer hoch. Meine Gliedmaßen schmerzen wie bei einem gewaltigen Muskelkater, bei dem jede einzelne Faser im Körper gerissen ist. Durch die lange Ruhephase haben sich meine Muskeln stark zurückgebildet und jeder Schritt fällt mir schwer. Fluchend und vor Erschöpfung aufschreiend schleppe ich mich durch die Gänge. So hatte ich mir das nicht vorgestellt. Normalerweise ist der Reaktivierungsablauf sehr schonend und langwierig, bei einer Notfallreaktivierung jedoch umgeht man die langsame Gewöhnungsphase und wird innerhalb weniger Minuten zurückgeholt.

Die Gänge sind noch dunkler als die Räume, aus denen ich komme. Es kostet mich große Überwindung, sie zu betreten.

Alles ist still ... Ich höre lediglich, wie das Schiff unter den Temperaturen arbeitet. Fernes Knacken und das Stöhnen von sich zusammenziehendem Metall. Diese unheimlichen Geräusche gepaart mit der gespenstischen Dunkelheit setzen mir schwer zu. Was ist hier bloß passiert?

Endlich im Versorgungsbereich angekommen, mache ich mich sofort daran, etwas zu essen zu suchen. Sara hatte mir gezeigt, wo sie die Reservenährstoffkuren lagert. Diese sollten uns eigentlich künstlich bei der Reaktivierung zugeführt werden. Darin ist alles Notwendige enthalten, was der Körper nach der Kryostase braucht. Gierig schlinge ich alles bis auf den letzten Tropfen herunter. Ein Gefühl von Wärme macht sich in mir breit und ich merke langsam, wie mein Körper anfängt zu arbeiten. Wie ein Brennofen, der mit Holz befeuert wird. Das Denken fällt mir leichter und ich fange an, mich an mein Training zu erinnern. Ich muss es schaffen den Kernel zu rebooten, damit ich die anderen reaktivieren kann.

Ich sehe mich nachdenklich um. Eine Frage stellt sich mir: Warum ich? Warum wurde ich und nicht Freeman, Sara oder Preston reaktiviert, warum hatten deren Notsysteme versagt und meines nicht? Mir bleibt jedoch keine Zeit für solche Gedankenspiele, ich muss jetzt handeln, sonst kommen wir aus dieser Hölle nie wieder heraus. Zuerst werde ich meine Körpertemperatur auf ein konstantes Niveau bringen, dazu brauche ich einen der Schutzanzüge, die am Eingang zum Maschinenraum hängen. Das trifft sich gut, denn da wollte ich sowieso vorbeischauen.

Gesättigt und hydriert mache ich mich durch die Dunkelheit des Schiffes auf zum unteren Deck. Mein Weg verläuft einmal quer durch das Schiffsinnere von einem Ende zum anderen. Der Gedanke an dieses Wagnis bereitet mir Magenschmerzen, denn irgendetwas stimmt hier ganz und gar nicht.

Langsam taste ich mich mit meiner Taschenlampe wieder durch die langen Gänge. An den Wänden befinden sich unterschiedlich farbige Streifen, die einen direkt zum gewünschten Raum führen wie eine Art durchgehender Wegweiser. Der Streifen vom Maschinenraum ist der obere und längste. Die Geräusche des Schiffes hallen durch die Korridore und machen mich nervös. Zum Schutz des Raumschiffs sind die Fenster verschlossen worden, was es noch schwieriger macht, abzuschätzen, wo wir uns überhaupt befinden.

Die Gänge ziehen sich ewig in die Länge und mein Verstand fängt an, mir Streiche zu spielen. Jetzt bilde ich mir auch noch fremde Geräusche ein.

Da! Da ist es schon wieder, jetzt höre ich es ganz deutlich. Ein dumpfes Klopfen an der Außenwand, als wolle etwas oder jemand in das Schiff hineingelangen. Mein Atem stockt. »Jetzt werde bloß nicht verrückt, John«, sage ich mir immer wieder und halte mich zum Weitergehen an. Der Eingang zum Maschinenraum liegt nur noch wenige Meter vor mir.

Plötzlich höre ich jemanden hinter mir. »Wer ist da?«, rufe ich entsetzt. Es klingt wie Schritte. Als ob jemand barfuß auf nacktem Metall läuft. Ich halte den Atem an. Die Schritte kommen näher. Gelähmt vor Angst stehe ich auf der Stelle und bin unfähig, auch nur den Arm zu heben. Auf einmal spüre ich einen kalten Lufthauch in meinem Nacken. Mein Herz pocht wie wild. Kalter Schweiß tropft mir von der Stirn. Ganz langsam drehe ich mich um ...

Nein, das kann nicht sein! Ich schreie zu Tode geängstigt auf und lasse meine Taschenlampe fallen, die laut durch den Gang rollt. Ich kriege ihr panisch hinterher, ergreife sie und leuchte in die Dunkelheit.

»Junge, hast du meine Brille gesehen? Ich kann sie nirgendwo finden ...«

Ich fange an zu hyperventilieren. Vor mir steht mein Vater, wie ich ihn zuletzt in Erinnerung hatte. Er trägt denselben Pyjama wie in jener traumatischen Nacht. Mir laufen Tränen über die Wangen. Aus seinen Augenhöhlen tropft das Blut und fällt auf den Boden vor mir.

»Das kann nicht sein, das kann nicht sein«, murmele ich geschockt. »Du bist tot! Hörst du?! Tot!« Mein Puls rast und Adrenalin peitscht durch mein Gehirn. »Scheiße, Scheiße, Scheiße«, flüstere ich aufgebracht vor mich hin, den Blick dabei auf ihn gerichtet. »Los, John! Du musst weiter. Steh auf!« Bevor er näher kommen kann, springe ich hektisch auf und renne mit großen Schritten zum Eingang des Maschinenraums. Dort angekommen, werfe ich mich in die Schleuse, packe diese mit beiden Händen und verschließe sie mit aller Kraft. Ich atme so schnell, dass mir ganz schwindelig wird. Wie kann das nur sein? Angespannt leuchte ich durch das kleine Sichtfenster der Schleuse. Aber es ist nichts zu sehen. Ich suche den Gang ab ... Er ist weg. Einfach verschwunden! Ich komme mir vor wie in einem schlechten Film. Langsam komme ich wieder zu mir. Die Panik weicht einem Gefühl der Erleichterung, der Gedanke an den warmen Schutzanzug treibt mich voran.

Als ich im Umkleideraum ankomme, suche ich fröstelnd die Spinde nach den Anzügen ab. Mit einem Jubelschrei finde ich endlich einen in den hinteren Schränken. Mit schwerfälligen Bewegungen zwänge ich mich in den Lebensretter. Die Energiezelle des Anzugs springt sofort an und Wärme durchströmt meinen Körper. Ein wunderbares Gefühl. Ich atme befreit auf und setze mich kurz auf eine der Sitzbänke, um zu verschnaufen. Vor mir befindet sich der gewaltige Maschinenraum des Schiffes. Es liegt ein elektrisches Surren in der Dunkelheit und die Luft riecht stark abgestanden. Mit meinem neuen Anzug und der kleinen Taschenlampe mache ich mich auf dem Weg zum Kernel. Wenn ich mich recht entsinne, befindet er sich unten bei der Hardware. Mein Anzug zeigt mir einen kritischen CO_2-Gehalt in der Luft an, je schneller ich damit fertig bin, desto besser. Mit zügigen Schritten nähere ich mich dem Aufzug, der zur unteren Ebene führt. Als ich dort ankomme, werden meine Befürchtungen wahr. Ich stehe vor einem inaktiven Personenaufzug. Ich hatte gehofft, er sei an ein Notstromaggregat gekoppelt, aber jenes muss schon vor längerer Zeit ausgefallen sein. Suchend leuchte ich nach einer Lösung für mein Problem. Da fällt mir die Lüftungsklappe ins Auge, die direkt in den Fahrstuhlschacht führt. Nach dem Entfernen von vier kleinen Schrauben öffne ich sie mit einem kräftigen Tritt. Die Klappe springt in Richtung Schacht auf und fällt krachend zu Boden. Die Öffnung ist klein und ich bin keine Verrenkungen mehr gewohnt. Nach diversen

Versuchen zwänge ich mich durch das enge Loch und hangle mich an den Trittstäben hinab. Der Schacht ist sehr lang, jeder Schritt hallt bis nach oben und erfüllt den ganzen Raum. Ich versuche, so leise wie möglich zu sein und setze behutsam einen Fuß unter den anderen. Unten angekommen steige ich von oben in die Fahrstuhlkabine ein und drücke mit aller Kraft von innen die Tür zum unteren Maschinenraum auf. Mit einem lauten Ruck öffnet sie sich schlagartig und ich falle kopfüber in den Raum ... Spuckend und hustend werde ich den Staub wieder los, den ich bei meiner Landung in den Mund bekommen habe. Schwerfällig stehe ich wieder auf und klopfe meine Sachen ab.

Ich blicke in einen großen Raum voller komplizierter Technik. Eigentlich behaupte ich von mir, gute IT-Kenntnisse zu haben, aber hier stehe selbst ich wie ein Affe vorm Stromkasten. Am Ende des Raumes sehe ich einen großen, zylinderförmigen Tower, der mir wie das Herzstück auszusehen scheint. Das muss er sein! Ich laufe entschlossen auf ihn zu, vorbei an blinkenden Lichtern und surrender Hardware ...

Wie war das nochmal? Reboot? Ich suche den Tower konzentriert ab. Woher soll ich denn wissen, wie ich einen Neustart an dieser Millionen Dollar Maschine machen soll? Moment ... nein ... das kann ich nicht machen! Oder? Ich bücke mich und betätige einen großen Hebel mit der Aufschrift

»Power Supply«. Ein Kaltstart scheint die einzige Möglichkeit zu sein.

Plötzlich gibt es einen lauten Knall und ein grelles Licht blitzt auf. Mit einem Mal sind alle Lampen erloschen und das laute Surren verstummt. Panisch betätige ich mehrmals den Schalter ... nichts rührt sich mehr. »Komm schon, komm schon!« Vor Wut schlage ich immer wieder auf den Tower ein, bis meine Hände anfangen zu bluten. »Das kann nicht wahr sein!« Ich schreie ratlos auf. Die Lichter bleiben aus, nichts regt sich mehr. Erschöpft gleite ich zu Boden und fange an, laut zu lachen, bis es in ein verzweifeltes Winseln umschlägt. Um mich herum ist alles still, kein Surren mehr, kein Blinken, einfach gar nichts. Es riecht lediglich nach verschmorten Elektroteilen und Gummi. Das letzte bisschen Hoffnung ist nun endgültig aus meinem Körper gewichen, es gibt für mich keine Aussicht mehr auf Rettung. Resigniert lehne ich mich an die Vorderseite des Towers, das Gesicht erschlafft und der Kopf ist zum Boden geneigt. »Es ist vorbei«, sage ich und atme langsam aus. Mit dem letzten Rest Luft füge ich noch ein: »Endlich ...« hinzu und sacke dann zusammen. Niemand wäre mir jetzt noch böse, ich habe mein Bestes gegeben. Alles, was in meiner Macht stand, trotzdem habe ich versagt. Meine Arme hängen ohne jegliche Körperspannung an mir herunter und ich bin bereit für den kommenden Tod. Nach all dem Stress und der

Anspannung fühlt sich der Gedanke wie eine Erlösung an.

Wie ich da so sitze und auf mein Ende warte, geht mir alles Mögliche durch den Kopf. Ich muss an meine Mutter denken. Ob sie sich hätte träumen lassen, dass ich einmal so ende? Welche Uhrzeit jetzt wohl auf der Erde ist? Bestimmt ist es mitten am Tag und die Menschen drängen sich gerade in den überfüllten Straßen zur Arbeit. Carter markiert wieder den Boss auf der Arbeit und macht unserer Verwaltungskraft schöne Augen. Wie ich diesen Typen hasse. Bestimmt ist er mittlerweile Abteilungsleiter und quält alle, die sich seinem Willen nicht beugen. Im Grunde bin ich froh, dass es endlich vorbei ist. Das Leben hatte bis jetzt nichts Sinnvolles für mich über. All die Menschen aus dem Fernsehen, Büchern und Zeitschriften, die ihr ach so glückliches und erfülltes Leben zeigen, sind fiktiv und unrealistisch, denn mir ist noch keiner von denen über den Weg gelaufen. Anders als Ameisen, die so lange arbeiten, bis sie sterben, haben wir Menschen immerhin die Möglichkeit, dem Ganzen selbst ein Ende zu bereiten. Die Suizidrate ist so hoch wie noch nie. Die Regierung unterstützt den gewählten Freitod mittlerweile sogar und stellt Mittel und Wege zur Verfügung. Noch ein Indiz, das zeigt, wie verzweifelt der Staat angesichts der massiven Überbevölkerung ist. In speziellen Einrichtungen helfen sie einem bei dem selbst erwählten Freitod, wie sie es nennen. Die Injektion soll so gut wirken, dass man glaube, man schliefe gemächlich ein. Ich stand selbst schon zwei Mal vor dem Eingang eines der Zentren, traute mich aber jedes Mal nicht weiter. Damals habe ich mich noch als feige beschimpft, heute weiß ich, dass ich einfach zu schwach war. Zu schwach, um meinen eigenen Selbsterhaltungstrieb zu besiegen. Jetzt würde ich mir ein Bein ausreißen für eine dieser Injektionen, denn was mir bevorsteht, ist mit die schlimmste Todesart: Ersticken. Durch den zentralen Stromausfall ist auch die Lüftung und somit die Sauerstoffversorgung ausgefallen. Es kann sich nur um Stunden handeln, bis ich einen überaus schmerzhaften Erstickungstod erleide.

Plötzlich schießt mir ein Gedanke durch den Kopf. Sara! Ihre Notstromversorgung müsste vom Stromausfall verschont geblieben sein, ich muss sie nur manuell hochfahren. Wenn ich nicht mich retten kann, dann zumindest sie. In der Kapsel kann sie ohne Probleme ein paar Jahre überleben und auf Hilfe warten.

Entschlossen rapple ich mich wieder auf. Ich muss mich beeilen, lange halte ich diese sauerstoffarme Umgebung nicht aus. Benommen mache ich mich auf den Weg in Richtung Stase Bereich. Das Atmen fällt mir hörbar schwer. Ständig bleibe ich stehen, um mich an der Wand abzustützen. Die Temperatur an Bord fällt stetig weiter ab. Das Klimamodul meines Anzugs läuft mittlerweile auf Hochtouren. Durch den kompletten Stromausfall sind selbst die kleinsten Lichter erloschen. Ich muss mich ganz und gar auf meine Taschenlampe verlassen, die ich fest umklammert halte.

Keuchend stehe ich vor der verschlossenen Schleuse. Mir stellen sich die Nackenhaare auf bei dem Gedanken, was hinter ihr liegen könnte. Ich leuchte durch das kleine gläserne Sichtfenster. Nichts! Vielleicht war es doch nur eine Halluzination, ausgelöst durch die Medikamente der Stase? Leise entriegle ich die Schleuse und schiebe sie vorsichtig auf. Zaghaft lehne ich mich in den Gang und leuchte nochmal den Weg aus. Nichts ... selbst die Blutspur am Boden ist nicht zu sehen. Ich schleiche aus dem Durchgang und bewege mich in Richtung Stase Bereich. Meine Sinne sind auf das Äußerste geschärft. Jedes Geräusch, jeder Lufthauch, jede Bodenunebenheit lässt mich aufschrecken.

Ich habe schon die Hälfte des Weges geschafft, da habe ich auf einmal das Gefühl, verfolgt zu werden. Ohne weiter nachzudenken fange ich an zu rennen. Ich renne so schnell, dass ich Mühe habe, mir selbst den Weg auszuleuchten. Vor mir sehe ich den Eingang des Stase Raumes. Ich renne wie ein Verrückter auf die offene Schleuse zu und stolpere ungeschickt über meine eigenen Füße. Laut scheppernd falle ich zu Boden. Die Stasekammern liegen nur noch wenige Meter vor mir. Durchtränkt von Adrenalin und körpereigenem Morphin stehe ich, ohne mit der Wimper zu zucken, wieder auf und humple auf Saras Kryokapsel zu. Doch was ist das?! Zu meinem Entsetzen sehe ich, dass die Kammer leer ist. Ich drehe mich irritiert zu den anderen Kammern um, aber auch diese sind leer und sehen völlig unbenutzt aus. Meine hingegen sieht deutlich gebraucht und mitgenommen aus. Ich schreie entsetzt auf. Langsam zweifle ich an meinem eigenen Verstand. Wo zur Hölle bin ich hier? Ich bekomme eine schwere Panikattacke. Mein Puls rast und kalter Schweiß bricht in Strömen aus. Die Sauerstoffanzeige meines Anzugs fängt laut an zu piepen und meine Taschenlampe beginnt zu flackern. Ich setze mich auf die leere Kammer von Sara. Die Lampe flackert auf. Das Ganze ist wie ein Albtraum, aus dem ich einfach nicht aufwachen kann.

Mit einem Mal herrscht absolute Stille. Die Umgebung erstarrt in Zeitlupe. Ich schaue mich geschockt um. Nur das laute Pochen meines Herzens ist noch zu hören. Ich horche in die Dunkelheit. Leise Schritte in den Gängen ... Sie werden lauter ... kommen näher. Mir gefriert das Blut in den Adern. Ich hyperventiliere.

»Jooohnny! ... Wie konntest du mir das antun? Ich habe dich gebraucht, Johnny!«, hallt es von den Gängen. Ich fange am ganzen Leib an zu zucken und Blut läuft mir aus der Nase. Mein Gehirn ist äußerstem Stress und Sauerstoffmangel ausgesetzt. Mir wird schwarz vor Augen. Das Geräusch wird immer dumpfer ... bis ich nur noch einen harten Aufprall spüre.

...

»Aufladen! Ich brauche hier 1 mg Epinephrin.«

»Defi bereit.«

»Reanimieren! ... Komm schon, John, mach jetzt nicht schlapp.«

»Hier ist das Adrenalin.«

»Her damit, ich muss es direkt ins Herz injizieren ...«

»Wir haben wieder einen Puls.«

»... Gott sei Dank! ... Bringt ihn auf die Intensivstation.«

Kapitel 4 - Gefangen

Mein Kopf brummt. Im Hintergrund höre ich ein rhythmisches Piepen. Langsam öffne ich die Augen und versuche mich zu orientieren. Wo bin ich hier? Plötzlich geht eine Tür auf und jemand betritt den Raum. Ich nehme silhouettenhaft eine schlanke Gestalt mit langen roten Haaren wahr.

»John? Oh, John, wir hatten so eine Angst um dich.« Sara legt sich vorsichtig zu mir ins Bett und presst sich an mich. Ihre Stimme klingt beunruhigt und eine Träne tropft von ihrer Wange auf meine Schulter.

»Was ist passiert?«, frage ich heiser.

»Du wolltest nicht mehr aus der Kryostase aufwachen, warst wie gefangen. Wir mussten dich dreimal reanimieren.« In ihrer Stimme liegt ein unterschwelliges Schluchzen, das sie zu unterdrücken versucht. Behutsam legt sie ihren Kopf auf meine Brust. Ich huste stark und stoße sie dabei nach oben, aber sie bleibt bei mir liegen. »Wir vermuten, dass die Dosis deines Kälteschutzmittels zu hoch eingestellt war«, sagt sie und holt tief Luft. Ein Zittern liegt in ihrer Atmung.

»Wie kann das sein, ich war doch bereits wach.«, sage ich und sehe mich verwirrt im Raum um.

Sara richtet sich auf und schaut mich verwundert an. »Wie ... wie meinst du das?«

»Ihr wart alle weg und der Strom war ausgefallen und da war mein ... mein ...« Ich schlucke verstört. Sara schaut mich beunruhigt an.

»Laut EEG Aufzeichnung hattest du eine anomale Kälteschlafphase. Das ist selten, aber kommt vor.«

»Aber es war alles so real ...«, sage ich und werde immer unruhiger.

Sie streichelt mir liebevoll über den Kopf. »Das war es aber nicht ...«

Verstört fange ich wieder an. »Ich habe Dinge gesehen ... ich sah Freeman und Oakland bei Mr. Mowrer. Irgendwas stimmt mit dieser Mission nicht! Hörst du?! Ich muss die anderen warnen.«

Das EKG schlägt hektisch aus. Panisch versuche ich mich aufzurichten, um aus dem Bett aufzustehen. Sara drückt meinen Kopf vorsichtig mit der Hand wieder nach unten.

»John! Du musst dich beruhigen. Ich bitte dich.« Sie schaut mich verzweifelt an. Ihre sonst so wunderschönen grünen Augen sind ganz glasig und gerötet. Sie kramt im Schrank neben mir nach einer Spritze. »Es ist wichtig, dass du dich wieder beruhigst, sonst schaukelt sich das zu einer Psychose hoch«, sagt sie und zieht die Spritze auf.

»Was machst du? Was wird das?« Panisch versuche ich, sie von meinem Bett zu stoßen.

»Das wird dir helfen ...« Sie drückt mir die Nadel in den Arm und injiziert mir eine milchige Flüssigkeit aus der Ampulle. »Ruh dich aus ...«

Am nächsten Tag geht es mir schon besser. Ich warte nicht auf Hilfe und entferne selbstständig die Schläuche und Kabel. Vom Liegen habe ich erst einmal genug. Im Schrank finde ich fein säuberlich zusammengelegt meine Kleidung.

Meine Bewegungen sind noch starr und unbeholfen. Bei dem Versuch das linke Bein in die Hose zu bekommen, verliere ich das Gleichgewicht und stürze nach hinten. Laut klirrend reiße ich ein Tablett mit chirurgischem Besteck herunter. Nach zwei weiteren kläglichen Anläufen schaffe ich es endlich, mir etwas anzuziehen.

Ich beschließe die Steuerzentrale aufzusuchen, um mir ein Bild über die aktuelle Lage zu machen. Das Gehen fällt mir schwer. Meine Muskeln fühlen sich wie Pudding an und ich muss aufpassen, nicht über meine eigenen Füße zu stolpern. In der Zentrale angekommen, stoße ich auf Kendall und Freeman. Kendall sieht mich als Erster. »Hey! Seht mal, wer da aus dem Reich der Toten wieder zurückgekehrt ist.«

Captain Freeman dreht sich zum Eingang um. »Mr. Coleman, schön Sie zu sehen. Um ein Haar wäre die ganze Sache gewaltig schief gelaufen. Wir können uns nicht erklären, wie es zu diesem Zwischenfall kommen konnte ... freuen uns aber, Sie unter den Lebenden zu begrüßen«, sagt er und streckt mir die Hand entgegen. Wortlos nehme ich den Händedruck an. Unter seinem weißgrauen

Vollbart entdecke ich ein sympathisches Lächeln. »Hey, wollen Sie mal was sehen?« Ich nicke. »Kendall, öffnen Sie mal die Fensterfront.« Die Blende hebt sich und mir strahlt ein helles, grünliches Licht entgegen. Geblendet halte ich die Hand vor die Augen. »Was sagen Sie dazu? Atemberaubend, oder?« Wir stehen vor einem riesigen grünen Gasplaneten. Der Anblick ist überwältigend. Noch nie zuvor ist mir so etwas Majestätisches und Anmutiges unter die Augen gekommen. In seiner Umlaufbahn erkenne ich mehrere kleine Monde, die in unterschiedlichen Bahnen um ihn herum kreisen. Der Planet wird von einer kleinen Sonne, die im Hintergrund zu sehen ist, angestrahlt. Das Sonnenlicht trifft auf den Planeten, wird reflektiert und strahlt auf die Monde in seiner Bahn. Ein wahres Naturspektakel.

»Unglaublich ...« Mehr bekomme ich nicht heraus. Freeman hebt den Zeigefinger. »Sehen Sie den dritten kleinen Mond dort in der Umlaufbahn des Exoplaneten? Das ist unser Ziel.«

»Der da?«, erwidere ich leicht enttäuscht. »Sieht ziemlich unscheinbar aus.«

Ich hatte mir Terra 2 irgendwie größer und spektakulärer vorgestellt. Im Vergleich zu dem mächtigen Gasplaneten wirkt der winzige Mond eher unbedeutend, man könnte sagen, nahezu lächerlich.

»Das wird sich noch zeigen«, antwortet Freeman. »Sobald wir in der Umlaufbahn des Planeten sind, machen wir uns bereit zur Landung.«

»Halten Sie das für sicher?«, frage ich besorgt.

»Machen Sie sich da keine Sorgen. Wir schicken eine Erkundungsdrohne los, um die Lage vorher abzuklären.«

»Wann ist es denn so weit?«

Da meldet sich Kendall zu Wort: »In ungefähr fünf Stunden.«

Freeman sieht mich prüfend an. »Begeben Sie sich zu den anderen in den Konferenzraum. Ich meine ... Sie sind doch wieder fit, oder?«

Ich weiche seinem Blick aus. »Ja, ja ... mir fehlt nichts.«

»Gut! Wir landen alle, keiner bleibt hier.«

Ich nicke wortlos und laufe in Richtung Konferenzraum.

Auf halbem Weg treffe ich Prof. Lankford, der mich freudig in Empfang nimmt. »Mensch, John, Sie wohnen ja bald schon auf der Krankenstation«, sagt er und lacht mir entgegen. Ich lache gekünstelt zurück. »Haben Sie mal nach draußen gesehen? Der absolute Wahnsinn, oder? Ich hätte mir im Leben nicht träumen lassen, dass ich so etwas einmal sehe.«

»Habe ich. Ja, es ist unglaublich«, sage ich wenig begeistert. Irgendwie sitzt mir der Schrecken meiner Kryostase immer noch tief in den Knochen.

Gemeinsam begeben wir uns zum Konferenzraum. Sara und Preston sitzen bereits am Tisch. Ich setze mich zwischen Lankford und Sara, kurz darauf betreten auch Freeman und Kendall den Raum.

Freeman steht auf. »Meine Herren ...« Sara macht mit einem Räuspern auf sich aufmerksam. »Und Dame ...«, verbessert er sich. »Wir stehen an einem denkwürdigen Punkt in der Menschheitsgeschichte. Die Messungen haben ergeben, dass wir uns kurz vor Terra 2 befinden, unserem Missionsziel. Die Mission ist bis jetzt ohne größere Probleme verlaufen ...« Ich sehe Freeman streng an, der meinem Blick ausweicht. »Jeder von Ihnen kennt seinen Platz und seine Aufgabe. Ich erwarte Sie in fünf Stunden startfertig am Explorer. Wir starten dann Richtung Terra 2 und begeben uns in unser Basislager.« Freeman schaut prüfend in die Runde. »Wenn es jetzt keine weiteren Fragen gibt, machen Sie sich an die Arbeit.«

Die Crew erhebt sich wortlos von den Stühlen und verlässt den Konferenzraum ... Hat denn keiner Fragen? Bin ich der Einzige, der hier nach Antworten sucht?

Da kommt Sara auf mich zu. Sie macht ein besorgtes Gesicht und zieht mich am Arm. »John. Sag mal, spinnst du?! Warum kommst du hierher? Ich wollte gerade eine Verzögerung der Exploration bewirken und da stehst du hier, als ob nichts gewesen wäre. Du bist noch gar nicht wieder voll einsatzfähig.«

»Mir geht es gut«, sage ich und stoße sie von mir weg. »Glaub mir!«

Sara schreckt zurück und sieht mich enttäuscht an. »Nun gut, weitere Anweisungen kennst du ja ...« Sie scheint eingeschnappt zu sein, dabei wollte ich sie gar nicht so anfahren. Ich weiß auch nicht, was mit mir los ist. Betroffen mache ich mich auf in Richtung Waschbereich. Ich brauche zuerst einmal eine vernünftige Dusche und dann etwas zu essen. Danach sehe ich weiter.

Im Duschbereich angekommen ziehe ich mühsam meine Kleidung aus und springe unter den warmen Schauer. Das Wasser plätschert mir den Rücken hinunter und ich kann entspannt aufatmen. Mir gehen alle möglichen Gedanken durch den Kopf, vor allem aber der Traum über Mowrer lässt mich nicht mehr los. Es passt so gut und wirkte so real. War es doch nur Einbildung, wie Sara sagte, oder habe ich etwas gesehen, das vor mir verborgen bleiben sollte?

Vor lauter Grübeln bemerke ich nicht, dass inzwischen seit einer Stunde das Wasser läuft. Ich schalte die Dusche ab und stelle mich vor den großen Spiegel. Mein Körper ist durch die Muskeldystrophie schmächtig geworden. Ich wische mit einem Tuch das beschlagene Spiegelglas ab und mustere meinen wieder aufgetauten Körper. Die

Brust ist eingefallen, meine Arme dürr und meine Schultern schmal. Außerdem ist mein Haar sehr lang geworden und ein dichter wilder Bart ziert jetzt mein Gesicht. Ich schlucke zwei Tabletten von meinen Muskelaufbaupräparaten und trockne mich mit dem Handtuch ab.

Die Pillen beschleunigen auf risikofreie Weise meinen Muskelaufbau und straffen meinen mitgenommen Körper wieder. Sie unterdrücken Myostatin, ein körpereigenes Hormon, das das Muskelwachstum im Normalfall verlangsamt. Ganz genau weiß ich es auch nicht mehr, auf jeden Fall funktioniert es wunderbar.

Nachdem ich jeden Winkel von mir betrachtet habe, greife ich zum Bartschneider und trimme mir einen kurzen Vollbart.

In meiner Kabine ziehe ich mir erst einmal frische Kleidung an. Endlich fühle ich mich wieder wie ein Mensch. Ausgehungert laufe ich zum Versorgungsbereich, wo ich mir etwas Warmes zu essen mache. Es ist zwar nur ein Fertiggericht aus dem Thermo-Hydrogenisator, schmeckt aber für meinen entwöhnten Gaumen wie ein 4-Sterne-Menü. Ich setze mich an den Tisch und schlinge alles in mich hinein. Danach lehne ich mich erschöpft in meinen Stuhl zurück und atme zufrieden auf.

Vom vielen Essen werde ich träge und beschließe, ein kurzes Nickerchen zu machen. Kaum habe ich mich in meiner Kabine auf mein Bett gelegt, schlafe ich unverzüglich ein ... Ich träume seelenruhig und entspannt, bis es nach einer Weile an meiner Tür klopft.

»John? Ich bin's, Jim. Sind Sie da? Wir machen uns jetzt fertig, Kommen Sie auch? ... John?«

»Ähm ... ja, einen Moment bitte«, antworte ich verschlafen und quäle mich aus dem Bett. Ich schaue kurz auf die Uhr und öffne dann die Tür.

»Alles in Ordnung?«, fragt Kendall und sieht mich prüfend an.

»Ja ... ja ... mir fehlt nichts«, sage ich und reibe mir die Augen. »Musste mich nur kurz hinlegen.«

»Na dann, beeilen Sie sich, wir treffen uns im Hangar«, erwidert er.

»Alles klar, ich komme gleich«, sage ich und schließe die Tür wieder. Ich fühle mich immer noch völlig zerschlagen. Schlaftrunken ziehe ich mich an, klatsche mir eine Handvoll kaltes Wasser ins Gesicht und begebe mich zum Hangar.

Auf dem Weg klaue ich mir einen Becher Kaffee, den Dr. Oakland gerade für sich und Preston zubereitet hat. Schlürfend komme ich im Hangar an und sehe zum ersten Mal unser Erkundungsschiff. Es sieht beeindruckend aus. Ich wünschte fast, ich wäre Pilot geworden und dürfte so eine Kiste fliegen. Preston steht in der Ladeluke und verstaut zahlreiches Frachtgut im Shuttle.

»Alles verstaut und gesichert. Werd jetzt die Bordelektronik prüfen«, ruft er zu Kendall herüber.

Der Navigator nickt. »Mach das und pass diesmal auf die Verbindungen auf! Wir wollen ja nicht, dass es nochmal zu einem Kurzschluss kommt.«

»Ja, ja, ja«, murmelt Techniker Preston genervt ...

»Ey, ist das mein Kaffee? Das ist doch meine Tasse!«, ruft er mir empört zu.

»Nö ...« Ich schüttle grinsend den Kopf und laufe auf Kendall zu.

»Ist sie nicht schön?«, fragt Kendall mich freudig.

»Nagelneu und noch keinen Meter geflogen. Drinnen riecht es wie in einem Neuwagen.«

Kendall sieht mich so begeistert an wie ein Junge, der sein Spielzeug zu Weihnachten auspacken darf.

»Wann fliegen wir ab?«, frage ich.

Preston kommt zu uns rüber.

»Circa in einer halben Stunde«, entgegnet Kendall.

»Preston hilft Ihnen, Ihren Anzug anzuziehen.«

Ich muss schlucken.

Preston sieht mich grinsend an. »Worauf wartest du? Na los! Hop hop, rüber in den Umkleideraum.«

Das ist so demütigend. Ich bin der Einzige, der Hilfe braucht, um sich in diesen Scheißanzug zu zwängen. Ich folge Preston in den Umkleidebereich, der am Ende des Hangars liegt. Dort klatscht er mir meine Sachen vor die Füße. »Zieh den Body hier an.« Eine Mischung aus Wut und Scham macht sich in mir breit. »Mensch, hat dir das deine Mutti nicht gezeigt, du musst da von hinten reinsteigen!«

»Ich weiß, wie man einen Body anzieht, hilf mir lieber mit dem Anzug!«, sage ich bissig.

Die Hightech Nano-Anzüge sind leicht und schlank gebaut. Sie bestehen aus einem kompakten Helm, in den der Kopf gerade so hineinpasst, und einem gepanzerten Ober- und Unterteil. Der Helm ist mit allerlei Technik ausgestattet. Ich habe längst nicht alles begriffen, aber die Hauptfunktionen wie den Kommunikator beherrsche ich mittlerweile gut. Die Innentemperatur wird effizient durch ein Klimamodul reguliert. So kann man in dem Anzug Temperaturen von -160° bis zu + 1000 °Celsius aushalten.

Preston grinst weiterhin breit. Ich kann spüren, wie viel Spaß es ihm macht, mich zu schikanieren. »Gut, dann ziehen wir zuerst das Unterteil des Anzugs an ... das hier muss mit der Wärmeeinheit verbunden werden ... gut. Jetzt der Oberkörper ... halt den Schlauch hier mal fest ... nein, anders herum, Menschenskinder! Und das hier jetzt an die O_2 Batterie ... fertig. Bald kannst du dich auch ohne Papa anziehen«, sagt er spottend.

Mit zusammengebissenen Zähnen ringe ich mir ein »Danke ...« ab.

»Ja, dann komm mal mit!«, sagt er und schlägt mir dabei so kräftig auf den Rücken, dass ich fast vorne überkippe.

Im Hangar stehen alle bereit und der Captain hält eine kurze Ansprache.

»Okay ... die Drohne hat uns grünes Licht gegeben. Kendall ist noch dabei, ferngesteuert die mobile Basisstation auf Terra 2 zu befestigen. Sobald das Lager steht, starten wir.« Navigator Kendall kommt in den Hangar gelaufen und zeigt einen Daumen nach oben. »Ah, wenn man vom Teufel spricht. Gut, alle an Bord.«

Wir bewegen uns in Richtung Erkundungsschiff. Lankford und Oakland unterhalten sich. »Endlich geht es los, kann es kaum erwarten«, sagt Lankford.

»Ich wusste, dass es klappen würde«, antwortet Oakland.

Ich stelle mich neben Sara und laufe mit ihr die Laderampe hoch. »Es tut mir leid, Sara, ich weiß auch nicht, was mit mir los ist.«

Sie sieht mich freundlich an. »Ich weiß, John, vergessen wir das. Konzentrieren wir uns lieber auf unsere Mission.«

Kendall sitzt schon an der Steuerkonsole. »Bitte anschnallen, hier geht es gleich rund! Mal sehen, was das Baby so alles drauf hat. SEA, Startsequenz für Explorer 1 einleiten.«

SEA: »Leite Startsequenz ein. Personenanzahl auf Hangardeck gleich Null, wiederhole: Personenanzahl auf Hangardeck gleich Null. Starterlaubnis erteilt. Innenschleusen schließen sich in T Minus 20 Sekunden.« Gedämpft höre ich die Warntöne der sich schließenden Schleuse. SEA: »Innenschleusen geschlossen, öffne Außenschleuse.«

Die riesige Schleuse der Erebos wird entriegelt und schiebt sich langsam auf. Vor uns erstreckt sich der gigantische Gasplanet mit seinen Monden. In meinem Magen kribbelt es vor Aufregung.

»Yee-haw ... Festhalten, wir starten!«, schreit Kendall. Das Schiff erhebt sich mühelos und beschleunigt in Richtung Ausgang. »Achtung, Schub ...« Mit einem dumpfen Knall katapultiert uns der Antrieb ins Freie. Sara hält vor Anspannung meine Hand.

»In Ordnung«, sagt Freeman. »Wir müssten in circa zwei Stunden unten sein, entspannen Sie sich und genießen Sie den Flug.«

Im Fenster kann ich beobachten, wie wir auf der Umlaufbahn des Gasplaneten in Richtung Terra 2 fliegen. Das grüne Licht wirkt nahezu hypnotisch.

Preston sieht Sara und mich bestürzt an. »Seit wann haltet ihr denn Händchen?«

Sara lässt erschrocken meine Hand los. »Eifersüchtig?«

Der Techniker lacht. »Auf die halbe Portion? Pah, dass ich nicht lache! Sag Bescheid, wenn du genug vom Kuscheln hast und mal einen ganzen Kerl in dir spüren willst.« Sara ist sprachlos über diese unverschämte Anmache.

Ich nehme sie in Schutz. »Lass sie in Ruhe! Nicht jeder hat Lust, sich zu 'nem Gorilla ins Bett zu legen.«

Preston löst blitzschnell seinen Gurt, springt von seinem Platz auf und kommt auf mich zu. »Was hast du gesagt?« Mein Puls steigt.

»Hinsetzen!«, brüllt Freeman. »Sie halten sich gefälligst zurück, Preston! Und schnallen Sie sich wieder an.«

Preston fixiert meine Augen. »Ja, Sir.«

Lankford schüttelt den Kopf. »Muss so was sein? Erfreut euch doch lieber an dem Naturschauspiel da draußen ...«

»Schnauze, Professor, mit Ihnen redet keiner!«, schnauzt Preston.

Ich schaue Freeman an und warte auf seine Reaktion. Aber es kommt nichts. Er scheint Preston Narrenfreiheit zu gewähren. Lankford verstummt und wendet den Blick ab. Jetzt herrscht eine beklemmende Atmosphäre an Bord, niemand sagt etwas. Jeder schaut aus dem Fenster und beobachtet unseren Flug, bis Oakland das Schweigen nicht mehr aushält und das Wort ergreift.

»Wusstet Ihr, dass die Prätolisianer uns gar nicht so unähnlich sind? Sie sind ebenfalls Säugetiere und brauchen Sauerstoff zum Überleben.«

»Mich würde interessieren, wo sie überhaupt herkommen«, entgegnet Sara.

Lankford presst den Zeigefinger auf das Sichtfenster. »Laut Aufzeichnung sollen sie von einem Punkt im Universum kommen, der von unserer Erde über 500 Millionen Lichtjahre weit entfernt liegt.«

»Ist es überhaupt möglich, so weit zu reisen?«, frage ich erstaunt.

»Mit unserem beschränkten Verständnis von Physik und Technik nicht«, erklärt Dr. Oakland. »Aber wir vermuten, dass die Prätolisianer damals schon die Raumfaltung beherrschten.«

Preston verzieht das Gesicht. »Die Raum... was?« Ich schüttle innerlich den Kopf. War ja klar, dass unser Weltraumaffe davon keine Ahnung hat.

»Sie meinen doch bestimmt das Modell eines Warp-Antriebs nach Alcubierre und Van den Broeck.«

Preston schaut mich neidvoll mit gerunzelter Stirn an. Ich habe darüber mal ein Referat während meiner Schulzeit gehalten, jetzt kommt es mir sehr gelegen, um ihm seine Kleingeistigkeit unter die Nase zu reiben.

Oakland nickt. »Im Großen und Ganzen ja, auch wenn jene nur die Vorreiter dieser Theorie waren.«

»Und wie sieht diese Theorie aus?«, fragt Sara neugierig.

»Kurz gesagt muss ein Energie-Impuls-Tensor erzeugt werden, der das Raumzeitgebiet um ein Raumschiff herum derart verändert, dass die

Entfernung zwischen Start- und Zielpunkt extrem verkürzt wird. Vereinfacht bedeutet das: Die Raumzeit wird vor dem Schiff zusammengezogen und hinter ihm wieder ausgedehnt. Durch das Reisen in dieser Warp-Blase sind Raumfahrer nicht mehr auf die Lichtgeschwindigkeit beschränkt und können so unglaubliche Distanzen zurücklegen.«

Ich schüttle fassungslos den Kopf. »Trotzdem schwer vorstellbar.«

»Ja, da gebe ich Ihnen recht«, bestätigt Oakland. Plötzlich unterbricht Kendall unser Gespräch. »Festhalten! Wir treten in die Atmosphäre ein ...« Das Schiff fängt auf einmal an, stark zu vibrieren. »Die Schicht ist dicker, als wir dachten.«

Captain Freeman gibt Kendall Anweisungen. »Schub umkehren und in langsamen Sinkflug übergehen.

Sara drückt aufgeregt ihren Kopf gegen das Glas. »Ich kann unsere Basis sehen!«

»Wo?«, ruft Lankford.

»Da, seht doch!« Sie zeigt mit dem Finger.

Wir schauen neugierig zum Fenster heraus. Der Boden kommt langsam näher und ganz unten ist ein kleiner grauer Fleck zu erkennen.

»Stimmt! Jetzt sehe ich sie auch.« Oakland presst seine Nase an die Scheibe und sieht angestrengt nach unten.

»Seltsam. Es scheint eine Störung im Kommunikationssystem zu geben«, stellt Kendall fest und klopft gegen die Konsole. »Kann die Erebos nicht kontaktieren ... Festhalten, wir erreichen festen Boden.« Das Shuttle schwebt senkrecht über dem Boden. Ein kräftiger Ruck und wir haben Kontakt mit dem Untergrund. »Na, das verlief ja problemlos«, bemerkt Kendall.

Es herrscht ein Moment ehrfürchtiger Stille an Bord ... Freeman ist der Erste, der das Wort wieder ergreift. »Dann wollen wir mal. Helme aufsetzen!« Wir setzen unsere Helme auf und starten das Interkom. Mit einem Klicken rastet er auf meiner Halsvorrichtung ein. »Kendall, öffnen Sie die Luke!«

»Schon dabei.«

Gespannt stehen wir auf der Laderampe, während sich die Luke vor uns öffnet. Grelles Licht blendet uns. Das Visier dimmt die Einstrahlung automatisch ab. Wir blicken auf eine trockene, sandige Landschaft, eingetaucht in ein grünliches Licht. Ein kräftiger Windstoß weht Staub in unsere Richtung. »Hmmm ... hat ein wenig was von Nevada ...«, bemerke ich.

»Das ist doch kein erdähnlicher Planet«, schreit Preston. »Verdammte Scheiße! Diese Gegend ist so tot wie ein Fisch in der Sonne.«

Fassungslos stehen wir in der Laderampe.

Freeman tippt Oakland an. »Dr. Oakland, was ist hier los? War das auf den Aufklärungsbildern nicht zu erkennen?«

»Ähm, nein ... nein, Sir. Die Drohne ist nicht in die Atmosphäre eingedrungen, es wurden lediglich strukturelle Aufnahmen von Terra 2 gemacht. Ich kann mir das auch nicht erklären.«

»Bedeutet Terra nicht eigentlich »Erde«?«, frage ich neunmalklug.

Niemand reagiert.

Freeman sieht angestrengt in die Ferne. »Nun denn. Es gibt für alles einen Grund ... Ich weiß nur, dass das unsere Bestimmungskoordinaten sind und unser Ziel hier irgendwo begraben liegt. Wir suchen jetzt das Basislager auf und überlegen, wie wir weiter vorgehen.« Mit einem großen Satz betritt unser Captain als Erster den neuen Boden vor unseren Füßen. Wir schauen ihm gebannt hinterher. »Na los, worauf warten Sie denn?«

Ich hebe den rechten Fuß und betrete zum ersten Mal die neue Welt, auf der wir gelandet sind. Es ist ein merkwürdiges Gefühl, ich muss an Neil Armstrong denken, den ersten Menschen auf dem Mond. Ich hätte nie gedacht, dass die Inhalte meines Geschichtsunterrichts für mich einmal Wirklichkeit werden könnten.

Wir machen uns auf den Weg zu unserem Lager. Die Gegend ist überaus karg und trocken. Sie gleicht mehr einer großen felsigen Wüste als einer fruchtbaren Landschaft. Überall sind raue Felsen, Unmengen von Sand und keine Spur von Leben.

Das Laufen fällt hier nicht sonderlich schwer. Die Schwerkraft beträgt gerade mal 2/3 der Erdanziehungskraft. Normales Gehen sieht hier fast wie ein 100 Meter Sprint aus.

Am Basislager angekommen entriegelt Preston den Eingang. »Na, dann hereinspaziert«, sagt er und geht voraus.

Die Station ist nicht sonderlich groß, bietet aber genügend Platz für uns sieben. Wir finden dort alles, was wir brauchen. Eine sanitäre Anlage, Schlafräume, einen Technikbereich und einen Versorgungsbereich. Es hat etwas von einem Campingurlaub mit einem großen Caravan. Funktionalität auf kleinstem Raum eben.

Nachdem wir unsere Unterkünfte inspiziert haben, treffen wir uns alle im Versorgungsbereich, um das weitere Vorgehen zu besprechen. Captain Freeman leitet wie immer die Runde.

»Wie schaut es mit den Ergebnissen der atmosphärischen Untersuchung aus?«

Dr. Oakland schüttelt den Kopf. »Ich will das noch einmal nachprüfen, aber die ersten Messungen zeigen einen extrem hohen Anteil an Stickstoffdioxid.«

»Wie hoch?«

»Hochgradig Toxisch!«

»Ich versteh das nicht«, sagt Sara und verzieht verständnislos das Gesicht. »Das hier kann doch nicht der richtige Mond sein?«

»Ich sag euch, was das hier ist, ein verfickter Reinfall, nichts anderes! Das ist eine beschissene Einöde, in die wir geschickt wurden!« Preston stößt wütend einen Stuhl von sich weg, laut krachend fällt er zu Boden.

Freeman springt jetzt auch auf. »Reißen Sie sich zusammen, Kadett! Hier flippt keiner aus. Erst wenn ich den Befehl gebe auszuflippen, dann haben Sie auszuflippen!«, schreit er mit hochrotem Kopf. Der stämmige Techniker steht eingeschüchtert vor ihm. »Haben Sie das verstanden, Kadett?« »Ja, Sir«, gibt er kleinlaut von sich.

»Und das gilt für alle hier, ist das klar?« Freeman schaut autoritär in die Runde. Alle senken unterwürfig ihren Kopf. »Kendall, Sie gehen wieder an die Arbeit! Stellen Sie eine Verbindung zur Erebos her. Dr. Oakland, Sie überprüfen nochmals die Messungen, Prof. Lankford, Sie helfen ihm. Und die anderen bereiten die Expedition für morgen vor oder gehen uns verdammt nochmal aus dem Weg! Wenn ihr mich sucht, ich bin in meiner Kabine und ruhe mich aus, habe seit über 20 Stunden nicht mehr geschlafen«, sagt er und macht sich auf den Weg zu seinem Schlafraum.

Sara dreht sich zu mir um. »Wie geht es dir? Irgendwelche Beschwerden?«

»Nein, nur sehr müde ...« Ihre Fürsorge gibt mir ein warmes Gefühl von Geborgenheit, auch wenn sie das jeden von uns fragen würde.

»Komisch«, bemerkt Lankford. »Wir bekommen noch immer kein Signal rein.«

»Ja stimmt, raus geht auch nichts.« Oakland rüttelt an seiner Hardware.

»Was hat das zu bedeuten?«, frage ich verängstigt.

»Hmmm ... kann ich noch nicht sagen.«

Ich lasse die anderen weiter diskutieren und mache mir etwas zu essen. Mein Schädel hämmert vor Kopfschmerzen. Es ist kalt. Das Klimamodul der Basis braucht eine Weile, bis es die Räume aufgeheizt hat. Für morgen steht eine Erkundungsmission an, bei der wir nach Spuren der Prätolisianern suchen sollen. Ein ausweglloses Unterfangen wie mir scheint. Die Crew ist sichtbar enttäuscht und erschöpft. Oakland arbeitet jetzt seit geschlagenen vier Stunden wie ein Besessener und Preston hört nicht auf, seiner Wut Luft zu verschaffen. Die Einzigen, die ruhig bleiben, sind Kendall und Sara. Lankford kommt mir seit der Landung ungewöhnlich melancholisch vor. Er gibt kaum Widerworte und macht sich stillschweigend an die Arbeit. Diese Stille passt gar nicht zu ihm. Ich glaube, die enttäuschende Ankunft hat ihm Angst bereitet. Angst davor, zu scheitern oder gar in dieser Einöde zu verenden. Kendall hingegen sitzt unbekümmert am Tisch. Für ihn als Pilot ist es vermutlich eine Mission wie jede andere. Ich habe das Gefühl, dass ihn das Ziel gar nicht wirklich interessiert. Er war auf der Erebos der Einzige, der sich nicht an den Gesprächen über die Prätolisianer beteiligt hat und wenn, dann nur oberflächlich. Sara meinte einmal, dass er zu Hause drei Kinder hätte, drei Töchter, wenn ich mich richtig erinnere. Seine Frau ist bei ihnen und kümmert sich um die Erziehung. Ich vermute, dass hinter Kendalls gelassener und lustiger Art ein ernster Familienvater steckt, der sich um seinen geliebten Nachwuchs sorgt.

»Ist bei dir denn alles in Ordnung?«, frage ich Sara. »Du bist so ruhig.« Ich setze mich mit einer warmen Suppe an ihren Tisch.

»Ich bin erschöpft und muss mich erst mal an die neue Umgebung gewöhnen.«

»Das geht allen so, glaube ich«, sage ich und lege eine Hand auf ihr Knie.

»Was hast du da?«, fragt sie und zeigt auf meinen Teller.

»Keine Ahnung, sollen wohl Erbsen und Speck sein, nicht sonderlich gut.« Ich nehme noch einen Löffel und stelle dann das Geschirr weg. »Du, ich werde mich schlafen legen, meine Kopfschmerzen bringen mich um. Wir sehen uns morgen.« Ich berühre ihre Schulter.

»Ist gut ...«

Als ich aufwache, ist keiner mehr im Schlafbereich. Ich fühle mich erholt, als ob ich den Schlaf schon seit einer Ewigkeit bitter nötig gehabt hätte. Ich begebe mich in den Aufenthaltsraum, wo ich die Crew bis auf Freeman und Oakland finde.

»Guten Morgen«, sage ich und fahre mir durch die Haare.

Preston steht im Raum und hält einen Kaffee in der Hand. »Wird der Herr auch mal wach?« Ich schaue auf die Uhr, es ist kurz nach acht. »Naja, ich bin zwar nicht der Früheste, aber so spät bin ich jetzt auch nicht aufgestanden.«

Sara lacht. »Nur, dass heute schon morgen ist.« Ich blicke sie verdutzt an.. »Du hast über 30 Stunden geschlafen. Du hattest den Schlaf anscheinend bitter nötig. Geht es dir denn jetzt besser?«

»Scheint so … ich fühl mich wieder ganz gut, glaube ich«, sage ich verdutzt. Wie kommt ihr mit den Untersuchungen voran?«

Prof. Lankford streicht sich über das Kinn. »Ernüchternd, milde ausgedrückt. Unsere Nachmessung hat den Verdacht über die hochgradige Stickstoffdioxidbelastung bestätigt. Atmen ohne Hilfsmittel ist nicht möglich. Außerdem scheint es eine Art Feld zu geben, das den Mond umgibt und wie eine unidirektionale Membran Materie zwar rein, aber nicht herauslässt. Leider zählen dazu auch Funksignale.«

»Was für ein Feld? Ist das ein natürliches Phänomen?«, frage ich Lankford.

»Nein, wir sind uns sicher, dass es sich dabei um ein künstlich hergestelltes Energiefeld handelt, das ist die gute Nachricht. Die schlechte Nachricht ist, dass es uns hier gefangen hält.«

Ich sehe Lankford fragend an. »Wie? Und jetzt?«

»Wir suchen die Energiequelle des Feldes und schalten sie aus. Etwas anderes bleibt uns nicht.«

Ich streiche mir angespannt über den Kopf. »Warum sollte jemand ein solches Feld überhaupt errichten?«

»Wir haben hier eindeutige Hinweise auf eine vielfältige Flora gefunden, die früher auf diesem Mond existiert hat. Jedoch muss etwas passiert sein, denn, wie Sie ja wissen, ist außer Felsen und Sand nichts mehr übergeblieben. Wir vermuten, dass die Bewohner mit dem Feld versuchten, die Atmosphäre auf dem Mond zu halten, jedoch ohne Erfolg. Die Vegetation wurde daher von Sonnenwinden regelrecht verbrannt. Das bewirkte einen überaus starken Anstieg an Stickstoffdioxid in der Umgebung und das künstliche Energiefeld hält hier alles zusammen wie in einem Gewächshaus.«

»Also kommen wir zu spät?«

»Das wissen wir noch nicht genau.«

Eine große Enttäuschung macht sich in mir breit. Das soll es gewesen sein? Wir sind einfach zu spät? Navigator Kendall meldet sich zu Wort. »Hätten wir mal vorher angerufen, was?«, sagt er scherzend.

Lankford sieht ihn ernst an. Hier ist keinem mehr nach Lachen zumute. »Lassen Sie das, Kendall, Ihre

Witze können Sie sich sparen. Wäre nicht schlecht, wenn Sie das Ganze hier mal ein wenig ernster nehmen würden!«

»Hey, Jungs! Wir sind alle enttäuscht und ange-spannt«, sagt Sara schlichtend und legt eine Hand auf Lankfords Schulter.

Lankford wendet sich ab. »Tut mir leid. Ich brauche etwas Schlaf«, entgegnet er und verschwindet aus dem Raum.

Die gedrückte Stimmung zieht auch mich langsam immer mehr nach unten. Ich traue mich kaum noch, nach der Expedition zu fragen.

»Wie ... wie verlief eigentlich die Expedition?«

Sara, die den Blick noch besorgt Richtung Ausgang gerichtet hat, dreht sich zu mir um. »Ähm ... haben wir verschoben ... Captain Freeman hielt es für besser, sie einen Tag nach hinten zu verlegen. Er sagte, es sei wichtiger, sich um das Energiefeld zu kümmern.«

»Soll das heißen ...« Da unterbricht mich Preston, der zuvor ruhig in der Ecke saß und mit seinem Armeemesser gespielt hat.

»Das heißt, wir schwingen uns gleich in unsere Anzüge und gucken mal, was der Sandkasten hier so zu bieten hat.«

»Ich auch?«

Preston steht auf und kommt auf mich zu. »Gerade du! Wegen deiner Scheiß-Weltraumkarte sind wir doch hier! Oder nicht?«

Er steht vor mir und rammt energisch sein Messer in den Tisch neben uns. Die Klinge dringt tief ein und bleibt problemlos stecken. Vorwurfsvoll fixiert er mich mit seinem Blick. Ich bekomme es mit der Angst zu tun.

Sara versucht sich zwischen uns zu stellen. »Wir sind alle freiwillig hier, Preston, sowohl Sie als auch Coleman!«

Preston zieht das Messer aus dem Tisch, ohne den Augenkontakt zu unterbrechen und schiebt es wieder in die Scheide. Kommentarlos verlässt er den Raum. Schweißgebadet halte ich mich an der Küchenzeile fest. Sara steht sprachlos neben mir.

»Ich glaub, ich werd hier nicht alt ...«, sage ich und setze mich auf den Stuhl vor mir. Sara kommt zu mir und drückt meinen Kopf sanft gegen ihren Bauch. Ich stehe auf und küsse sie auf den Mund. Da fängt sie auf einmal an, zu weinen »Was hast du?«, frage ich erschrocken.

»Ich habe Angst, Johnny ... ich habe solche Angst«, flüstert sie aufgelöst.

Ich drücke ihren Kopf sanft an meine Brust. »Du brauchst keine Angst haben, ich bin doch bei dir.« Ich schaue ihr in die Augen und wische eine Träne aus ihrem Gesicht. »Glaubst du, die lassen den Träger einfach so in der Einöde sterben? Eine Milliarden Jahre alte Spezies verlässt einfach so kampflos eine ihrer wichtigsten Stationen, ohne uns eine Information zurückzulassen? Hallo-ho?!«

Sara lacht mich gelöst an. »Du bist doof ... Danke ...« Sie lächelt.

Plötzlich kommt der Captain herein. »Es geht gleich los, machen Sie sich fertig. Sie kommen auch mit, Coleman.«

Ich sehe Sara an. »Wir sollten uns, glaube ich, fertig machen. Kannst du mir bitte helfen, in den Anzug zu steigen?«, frage ich sie freundlich.

Sie muss grinsen. »Gerne!«

Wir treffen uns alle im kleinen Hangar, wo die zwei Rover stehen. Prof. Lankford wurde zur Überwachung der Station eingeteilt, wahrscheinlich weil er Freeman zu übermüdet erscheint. Wir teilen uns zu sechst auf die beiden Wagen auf, die jeweils Platz für fünf Personen bieten. Ich werde zu Freeman und Oakland in einen Wagen gesteckt. Preston, Sara und Kendall nehmen den anderen. Als wir alle in den Rovern sitzen, gibt Captain Freeman uns über Funk Anweisungen.

»In Ordnung, wir suchen Planquadrat CE5, DE5 und CE4 für heute ab. Ziel ist es, sich einen Überblick über die Lage zu verschaffen und nach etwaigen Spuren zu suchen. Notfalltreffpunkt ist das Basislager bei CE5. Überprüfen Sie, ob diese Koordinaten bei Ihnen eingespeichert sind.«

Oakland: »Check.«

Whitman: »Check, sind eingespeichert.«

Preston: »Check!«

Kendall: »Check ...«

»Moment ...«, rufe ich und suche verzweifelt in meinem Navigationsmenü nach den Koordinaten ... ich hatte die doch eingespeichert.

»Das kann ja was werden ...«, stöhnt Preston genervt über Funk.

»Check, hab sie gefunden!«

Freeman gibt weitere Anweisungen über das Interkom: »Gut, alles hört auf mein Kommando. Stellvertretender Expeditionsleiter ist Kendall. Die Atmosphäre ist, wie Sie wissen, hoch toxisch, das Abnehmen Ihres Helmes wäre Ihr sicherer Tod. Wollte es nur noch einmal gesagt haben ... Okay, dann öffnen Sie mal die Schleuse, Prof. Lankford.«

Das große Schleusentor setzt sich in Bewegung, die Luft wird sogartig nach draußen gezogen. Wir fahren mit unserem Rover voraus, hinein in die grünliche Sahara. Die Sicht ist heute sehr gut, beim letzten Mal lag Sand in der Luft, aufgewirbelt durch die Winde. Heute sehen wir erstmalig die gewaltige Größe der Landschaft, in der wir gelandet sind.

»Scheiße, es ist ja schlimmer, als ich dachte.«, sagt Preston über das Interkom.

»Augen aufhalten!«, befiehlt Freeman. »Jeder Anhaltspunkt ist wichtig.« Gebannt starre ich nach draußen auf der Suche nach kleinen Unregelmäßigkeiten oder Spuren von Zivilisation. »Dr. Oakland, bekommen Sie mittlerweile Signale herein?«

»Negativ, nur das normale Grundrauschen und leichte magnetische Interferenzen.«

»Verstanden. Weitersuchen.«

Die zerklüftete Landschaft lässt erahnen, wie stark ihr die solare Strahlung zugesetzt hat. Wir fahren eine ganze Weile, ohne auch nur die kleinste Spur zu entdecken.

»Müssten die Sonnenwinde uns nicht auch verbrennen?«, frage ich, als wir dichter an einem der geschmolzenen Felsklumpen vorbeifahren.

Freeman, der vorne sitzt, dreht sich zu mir um. »Der Mond ist nur zyklenartig der Sonne ausgesetzt. Wie lange haben wir nochmal Zeit, Dr. Oakland?«

»Nach meinen Berechnungen 3 Monate, 11 Tage und 32 Minuten. Wenn die Sonne direkt auf Terra 2 trifft, sollten wir uns besser nicht mehr auf seiner Oberfläche aufhalten.«

»Wieso, was passiert dann?«, fragt Sara über Funk.

»Wir werden innerhalb weniger Minuten gegrillt.« Plötzlich knistert es stark in meinem Kommunikator und Kendall meldet sich.

»Free...man...kö...mich...hören?«

»Rover 2, bitte kommen, was ist passiert?«

»Ich sag Ihnen, was passiert ist.« Oakland zeigt entsetzt nach draußen. »Sehen Sie mal an den Horizont!«

Am Horizont ist eine dicke schwarze Wand zu sehen, die rasend schnell auf uns zukommt.

»Was ist das?«, schreie ich entsetzt.

Oakland wird panisch. »Das ist ein elektromagneti-scher Sturm! Wir müssen sofort wenden, haben Sie verstanden, sofort!«

Auf einmal kann ich den Sturm auch hören. Es klingt wie das elektrisierte Knistern tausender Hochspannungsleitungen. Im Sturm zucken unzäh-lige grelle Blitze. Der Sand wird durch den heftigen Sog nach oben gewirbelt und bildet eine undurch-dringliche schwarze Wand.

Freeman versucht weiterhin zu dem anderen Team Kontakt aufzubauen. »Rover 2, sofort umkehren! Zurück zur Basis, hören Sie?«

»Der Sturm stört den Funkverkehr, Sir«, erwidert Oakland. »Wir dürfen auf keinen Fall von ihm erfasst werden. Die Entladungen würden den Rover auf der Stelle lahmlegen.«

Saras Wagen befindet sich dichter an der Sturm-front als unser. Ich sehe, wie Preston aussteigt und ein Notsignal mit seinen Händen macht.

»Rover 2 scheint Schwierigkeiten zu haben«, rufe ich entsetzt. »Wir müssen zu ihnen, bevor die Wand sie erreicht.«

Oakland schüttelt den Kopf. »Das Risiko ist zu hoch, wir könnten auch erfasst werden!«

»Ruhe!«, schreit der Captain. »Ich habe hier das Kommando!«, sagt er und fährt mit voller Ge-schwindigkeit auf die anderen zu. Der Orkan, den der Sturm vor sich herschiebt, drückt spürbar gegen unseren Wagen. »Wir haben es gleich geschafft. Coleman, wenn ich Ihnen ein Zeichen gebe, öffnen Sie die Ladeluke.«

»Verstanden«, sage ich und halte den Daumen nach oben.

»Warten Sie ... noch nicht ... warten ...« Ich umklammere angespannt den Griff der Luke. »Jetzt. Öffnen!« Mit aller Kraft versuche ich, die Luke des Rovers aufzustemmen, aber der Sturm hält dagegen. »Verdammt nochmal, Coleman. Öffnen Sie die Scheiß Luke!«, ruft Freeman mir zu. Mit einem lauten Schrei reiße ich sie kraftvoll auf und stoße sie nach außen. Preston, Sara und Kendall stürmen sofort herein. Als die drei in Sicherheit sind, fährt Captain Freeman mit voller Geschwindigkeit los. Der Sturm heftet sich hartnäckig an unsere Fersen. »Versuchen Sie Lankford zu erreichen, er muss die Station sichern und uns die Schleuse zum Hangar öffnen«, brüllt er Oakland zu.

»Rover 1 an Basisstation, bitte kommen! ... Rover 1 an Basisstation, bitte kommen!« Gebannt halten wir den Atem an. »Rover 1 an ...«

»Hier Basisstation, was gibt's Leute?«

»Hier ist Oakland, uns hängt ein Sturm im Nacken, Sie müssen unverzüglich die Station sichern und uns die Schleuse zum Hangar öffnen!«

»Verstanden, Station sichern und Hangar öffnen.« Unser Rover nähert sich langsam der Basis. In der Schleuse steht Lankford im Schutzanzug und winkt uns herein. Mit einem heftigen Ruck und quietschenden Reifen, gefolgt von einem Schwall Sand, bremsen wir im Hangar. Sofort schließt Lankford die Schleuse wieder und gleicht die Atmosphäre aus. Dr. Oakland stürmt Hals über Kopf aus dem Wagen und rennt in Richtung Steuerzentrale.

»Wir müssen sofort den Hauptcomputer ausschalten, der elektromagnetische Impuls verschmort uns die Bauteile!«

Freeman sieht uns an. »Ihr hab ihn gehört, sofort alles abschalten, was auch nur einen Stecker hat!« Hektisch stürmen wir los. Ich renne Richtung Versorgungsbereich. Dort angekommen suche ich den Schalter für die Vorratseinheit. Kendall steht mit mir im Raum und steckt die Kaffeemaschine aus. Wortlos schaue ich ihn an.

»Was denn?«, erwidert er. »Ich trinke nun mal gerne frischen Kaffee ...«

Dann fällt mir die Belüftung ein, die extern mit dem Notfall-Aggregat zusammenläuft. Ich renne in den Verteilerraum und suche den Schalter für die Belüftungseinheit. Hektisch suchend entdecke ich einen blinkenden Knopf mit der Aufschrift »air conditioning« und schalte ihn unverzüglich aus. In demselben Moment höre ich, wie sich der Sturm von draußen auf die Station legt. Das Metall ächzt und der Sand schleift knirschend an der Außenwand. Überall knallen Lampen durch und das restliche Stromnetz bricht zusammen ...

Es ist stockfinster. Mein Anzug geht automatisch in den Nachsichtmodus über.

»John, bist du hier?«, fragt Sara in den Raum hinein.

»Ja.«

Plötzlich kommt Oakland aus der Dunkelheit angerannt. »Mein Gott, die Belüftung! Wir haben vergessen die Belüftung auszuschalten.«

Ich halte ihn am Arm fest. »Beruhigen Sie sich, ich hab die Lüftung runtergefahren.«

Oakland atmet erleichtert auf. »Danke, Coleman, Sie haben uns das Leben gerettet. Die Reparatur hätte ewig gedauert und uns wäre schon lange vorher der Sauerstoff ausgegangen.«

Ich lächle zufrieden.

»Dr. Oakland, wo sind die anderen?«, fragt Sara.

»Im Versorgungsbereich, wir müssen warten, bis der Sturm vorbeigezogen ist, bevor wir die Geräte wieder hochfahren können«, antwortet er keuchend.

Wir begeben uns in Richtung Versorgungsbereich, wo die anderen schon am Tisch sitzen und warten.

»Preston, Sie kümmern sich um die Technik, es ist einiges durchgeschmort«, befiehlt Freeman.

Oakland klopft nervös mit den Fingern auf die Tischplatte. »Wir müssen den Sturm im Auge behalten, die Intensität macht mir Sorgen.«

Ich setze mich erschöpft mit Sara an den Tisch und nehme meinen Helm ab. Wo sind wir hier nur reingeraten? Die langen Gesichter meiner Team-kameraden sprechen Bände. Keiner sagt etwas, es herrscht eine Totenstille. Jegliche Hoffnung ist in dem trockenen Staub dieses Mondes versickert.

Plötzlich gehen die Lichter wieder an und Preston betritt wenig später den Raum. »So! Ich musste ihr zwar an ihren inneren Organen herumfummeln, aber das Schätzchen läuft wieder.«

»Und jetzt?« Ich schaue fragend in Freemans Richtung.

»Und jetzt machen wir weiter nach Plan. Morgen schicken wir einen Bergungstrupp los, reparieren, was der Sturm beschädigt hat und suchen weiter nach Spuren von Leben ... Sie können ihren Anzug übrigens wieder ausziehen, in der Basis sind wir sicher«, entgegnet er.

Ich schaue durch die Verglasung nach draußen. Der Wind hat den Sand stark aufgewirbelt. Zu erkennen ist nur noch eine trübe Suppe aus Dreck, die das Licht ausschließt.

»Tja ... dann ist der Tag für heute wohl gelaufen«, bemerkt Lankford.

Nickend stimme ich ihm zu, auch wenn die Zeit hier nicht wirklich in Tagen gemessen werden kann. Hier ist es immer hell oder sollte ich sagen, unangenehm grell.

Heute steht die Bergungsaktion an. Ich kann mir jedoch gut vorstellen, dass der Rover nicht mehr zu retten ist. Preston und Kendall sind schon früh los, um Rover 2 zu bergen. Dr. Oakland meinte, die Wetterbedingungen wären jetzt gerade stabil und er wüsste nicht, wie es in drei Stunden aussähe. Ich vertreibe mir die Zeit mit Sara und Lankford im Versorgungsbereich. Wir reden über Grundstückspreise und Mieten, keine Ahnung, wie wir auf das Thema kamen. Lankford sagt, sein Lohn für diese Mission ist ein kleines, aber schönes Anwesen auf Luna Project. Seine Frau müsste mittlerweile auf dem neuen Sitz der Lankfords wohnen, so bestätigte es zumindest Mr. Mowrer. Stolz zeigt er uns Bilder von dem bereits fertigen Haus und dem Grundstück. Sara bekommt ganz glasige Augen bei dem Anblick und auch mich überkommt eine gewisse Sehnsucht. Wir wollen uns gerade die restlichen Bilder anschauen, da kommt Oakland in den Raum gestürmt und ruft:

»Alle sofort mitkommen, ihr werdet nicht glauben, was wir entdeckt haben!«

Gespannt springen wir auf und folgen ihm in den Technikbereich.

»Wonach sieht das hier aus?« Oakland zeigt uns stolz ein Bild auf seinem Desktop.

»Das sieht aus wie eine Art Granitblock«, gebe ich von mir.

Saras Gesicht verzieht sich erstaunt. »Oh, mein Gott!«

»Der womöglich nicht«, entgegnet Oakland schmunzelnd. »Aber unsere fremden Freunde vielleicht.«

Alle bis auf meine Wenigkeit sind ganz außer sich vor Freude. Auf dem Foto sehen wir ein großes quadratisches schwarzes Objekt.

»Das ist der helle Wahnsinn! Weiß der Captain schon davon?«, fragt Lankford nach.

Ich runzle die Stirn. »Wieso, was ist denn damit?« Oakland spricht zu Lankford: »Natürlich, er plant bereits die Expedition dorthin.«

»Was ist denn damit?«, bohre ich nach.

Dann wendet sich Oakland mir zu. »Der Sturm hat einen Eingang freigelegt, der zuvor im Sand verborgen war. Preston hat das Foto vor wenigen Minuten übermittelt.«

Wir können unser Glück kaum fassen. Sind wir also doch nicht umsonst hierher geflogen?! Von da an geht alles rasend schnell, wir brechen unverzüglich auf und ehe wir es uns versehen, stehen wir an der Bergungsstelle von Rover 2. Nicht weit von hier hat Preston das Foto gemacht. Sara hat sich freiwillig für die Überwachung der Station gemeldet und steht deshalb lediglich über Funk mit uns in Kontakt. Kendall kommt angerannt und führt uns freudestrahlend zu der Fundstelle.

»Bemerkenswert!«, stellt Oakland fest.

Captain Freeman übernimmt das Kommando. »So, aufpassen ... Ich gehe mit Dr. Oakland und Prof.

Lankford, der Rest bleibt in Sicht und Funkkontakt. Falls mir etwas passiert, übernimmt Kendall die Leitung.«

Gespannt sehen wir den Dreien hinterher, wie sie sich dem Objekt nähern, das aufrecht in den Berg eingelassen ist. Oakland hat eine Art Messinstrument dabei, mit dem er es versucht abzutasten.

Ich sehe zu Preston rüber, der verkniffen zu Freeman schaut. »Ganz schön spannend, oder?« Preston sieht mich feindselig an und geht einen Schritt weiter weg von mir.

Lankford und Oakland scannen das Objekt. Ständig wiederholen sie die Tests und schütteln bei der Auswertung den Kopf. Preston und ich schauen gelangweilt aus der Ferne zu. Die Wissenschaftler sehen aus wie zwei Affen, die aufgeregt um eine Kiste Bananen tanzen.

Mittlerweile ist eine gute Stunde vergangen und es tut sich immer noch nichts.

Dr. Oaklands Stimme klingt nüchtern: »Ich verstehe das nicht, nichts, absolut nichts. Nicht der geringste Ausschlag.«

Freeman setzt sich stöhnend. Preston und ich stehen in ca. 20 Meter Entfernung zu den anderen. Der Wind weht uns immer wieder feinen Sand vor das Visier. Oakland wischt erneut das Objekt frei und fummelt an der Front herum, wo eine fünfeckige Markierung zu sehen ist. Ich sehe zu Preston herüber, der Freeman beobachtet und halte etwas Abstand zu ihm.

»Das wird dich auch nicht retten«, sagt er, ohne dabei den Blick von Freeman zu nehmen.

»Was haben Sie eigentlich gegen mich, Preston?«, frage ich. »Habe ich Ihnen irgendetwas getan?« Er dreht sich zu mir um und kommt auf mich zu.

»Was ich gegen ihn habe, fragt er mich. Nun pass mal auf ...«, erwidert er und packt mir dabei an meinen Brustpanzer. »Ich kann nun mal keine verweichlichten Muttersöhnchen ab, die meinen, ohne Ausbildung und Qualifikation auf eine Expeditionen mitkommen zu müssen, nur weil man in ihrem verdreckten Zellhaufen angeblich eine Karte gefunden hat«, brüllt er und wirft mich mit einem kräftigen Stoß in den Sand.

Ich fliege ein gutes Stück nach vorne und krieche von Preston weg.

»Da, da, ich habe was!«, ruft Oakland.

Captain Freeman sieht sich suchend um. »Wo denn? Sagen Sie schon!«

»Es ist wieder weg, ich bin mir ganz sicher, da war was. Die Umrandung fing plötzlich an zu leuchten.«

»Es muss irgendwas verändert worden sein«, sagt Freeman und schaut sich um. »Haben Sie etwas verändert?«, fragt er in unsere Richtung.

»Ja, der Frischling hier«, meldet Preston. »Konnte sich nicht an die Absperrung halten.« Ich schaue ihn entsetzt an, aber er grinst nur.

Oaklands Gesicht erhellt sich. »Natürlich, dass ich da nicht schon früher drauf gekommen bin. John! Kommen Sie mal bitte her.«

Ich stehe auf, schüttle mir den Staub vom Anzug und schaue Preston mit ernster Miene in die Augen. »War wohl nichts ...«

Als ich mich den dreien nähere, fängt das Objekt an aufzuleuchten. Durch jeden Schritt, den ich zurücklege, intensiviert sich das Leuchten.

»Natürlich!«, jauchzt Oakland. Als ich davor stehe, leuchtet mir der schwarze Quader mit orangefarbenen Linien, die wie längliche technische Markierungen aussehen, entgegen. Oakland schaut mich erwartungsvoll an. »Halten Sie Ihre Hand auf das Fünfeck, bitte.« Ich bewege meine Hand zaghaft auf das Feld zu. Das Leuchten wird immer heller. Ich schaue zu Oakland. »Drauf drücken! Worauf warten Sie noch?«

Ich drücke auf die Markierung. Wir hören ein Geräusch, das sich wie ansammelnde Energie anhört. Plötzlich bildet sich ein langer, gerader Spalt in der Mitte des Objekts. Es öffnet sich. Fassungslos stehen wir davor.

Kapitel 5 - Der Gang

Es ist ein bewegender Moment. Wir blicken in eine große schwarze Öffnung im Berg.

Dr. Oakland springt wie wild vor uns herum. »Ich habe es doch immer gesagt, ich wusste es!«, schreit er aufgeregt.

Preston kommt neugierig angerannt.

Lankford fasst sich an den Helm und bringt nur ein: »Wir haben sie gefunden. Unfassbar ...«, heraus.

Captain Freeman ist der Einzige, der die Situation neutral betrachtet. »Okay, wir verlieren jetzt nicht den Kopf. Wir gehen weiterhin höchst professionell vor.«

»Ich wusste immer, dass wir es nicht bereuen würden, dich dabei zu haben, John!«, sagt Lankford und fasst mir freudestrahlend an den Helm. Ich muss lächeln.

Preston wirft einen Stein in die Öffnung. »Das Loch hier ist ja schwärzer als das einer bengalischen Hure«, sagt er hämisch und lacht.

Mittlerweile wird der Wind immer stärker und auch Freeman bemerkt, dass etwas mit dem Wetter nicht stimmt. »Kendall«, ruft er. »Informieren Sie Dr. Whitman und bringen Sie uns die Ausrüstung aus dem Rover, wir sehen uns das hier mal genauer an. Schnell, bevor das Wetter sich weiter verschlechtert.«

Kendall rennt los. Wenig später kommt er mit dem Rover zurück. Er springt aus dem Fahrzeug und reißt eine Klappe am Heck auf. »Bedient euch!«, sagt er grinsend.

Captain Freeman teilt die Waffen ein: »Wir nehmen die Gewehre. Sie, Coleman, bekommen aufgrund Ihrer geringen Kampfausbildung die 10 mm mit Teflonmantel und Rückstoßkompensation.« Er drückt mir eine schwere schwarze Pistole in die Hand. »Munition befindet sich in der Versorgungseinheit, die wir uns alle auf den Rücken schnallen«, erklärt Freeman weiter. »Wir wissen nicht, was uns da drin erwartet, müssen aber auf das Schlimmste gefasst sein!«

Der Wind bläst jetzt so stark, dass wir Mühe haben aufrecht zu stehen.

»Der Sturm kommt zurück!«, schreit Kendall gegen das sich aufbauende Getöse an.

Freeman sieht ihn an. »Haben Sie die Basis erreicht?«

»Nein, Sir, der Sturm stört den Funkverkehr.«

Kisten und Planen fliegen wie wild durch die Gegend und wir haben Mühe, unsere Ausrüstung beieinanderzuhalten. Der Sand rauscht so heftig um meinen Helm, dass ich mein eigenes Wort nicht mehr verstehen kann. Auch der Rover beginnt mittlerweile, verdächtig auf und ab zu wanken.

»Sir, es bringt nichts, wir müssen sofort in die Höhle evakuieren«, schreit Oakland.

Freeman stimmt ihm zu: »Alle sofort rein da!«

Plötzlich reißt es mit einem Stoß den Rover in die Luft, krachend landet er mehrere Meter weit von uns entfernt auf dem Boden. Preston und Kendall robben angestrengt in unsere Richtung. Oakland, Lankford und ich retten uns, ohne zu zögern in die Höhle. Freeman kniet am Eingang und reicht den Nachzüglern die Hand.

»Verdammt nochmal, schwingt euren Arsch hier rein! Coleman, Oakland. Halten Sie mich an der Hüfte fest und sichern Sie mich ab.« Der Sand rauscht über Preston und Kendall wie eine gewaltige, graue Lawine hinweg. Mit einem kräftigen Zug packt Freeman Prestons Arm und versucht, ihn in die Öffnung zu ziehen. Kendall hält sich klammernd an Prestons rechtem Bein fest. »Zieht, Männer! Zieht!«, brüllt Freeman zu uns rüber. Mit kraftvollen Zügen werden die zwei langsam in die Öffnung gezogen. »Verdammt, Coleman, machen Sie diesen Scheißquader zu!«, schreit er und sieht in meine Richtung. Ich springe auf und drücke ein weiteres Fünfeck, das ich an der Innenwand entdecke. Das laute Rauschen bricht unverzüglich ab.

Mit einem Mal herrscht Stille. Es ist, als stünden wir in einem anderen Raum. Kendall nickt mir zu.

»Also mit Türen kennst du dich aus, das muss man dir lassen«, stellt er fest und lacht. Ich schmunzle.

»Irgendwas muss ich ja können«, erwidere ich.

Captain Freeman behält weiterhin einen kühlen Kopf. »In den Nachtmodus übergehen!«

Mit einem leisen Surren wechseln unsere Helme den Sichtmodus. Vor mir tut sich ein langer Gang auf, der tief in den Berg hinunterzuführen scheint.

»Wow, das nenne ich mal ein Loch!«, sagt Kendall voller Staunen.

»Sagte ich doch, schwärzer als das deiner Mutter ...«, kommentiert Preston, der von diesem Anblick genau so überwältigt ist wie wir, mit zurückhaltender Stimme.

»Dr. Oakland ... was sagt der Tox-Screen?«, erkundigt sich Freeman.

Oakland sieht auf sein Messinstrument. »Unverändert«, antwortet dieser und lehnt sich enttäuscht an die glatte Wand.

Freeman fragt weiter den Status ab: »Irgendwelche Signale von draußen? Von der Basis?«

»Negativ. Ich bekomme lediglich Daten unserer Wetterstation herein. Sie zeigt mir Windgeschwindigkeiten von bis zu 800 km/h und mehr.«

Freeman sieht uns an. »Na dann, Status quo ... weiter geht's! Zurück können wir ja nicht mehr ...«

»Wie?«, fragt Preston entsetzt. »Sie wollen da doch nicht runter, oder?«

Captain Freeman sieht ihn entschlossen an. »Und ob wir da runter gehen, was denken Sie, warum wir hier sind, Preston.«

Was für ein Schisser, denke ich und muss heimlich grinsen.

Wir machen uns auf, dem neuen Weg tief in die Dunkelheit zu folgen. Der Gang sieht nicht so aus, wie man es von einem Bergstollen oder einer Höhle gewohnt ist. Er ist völlig akkurat und glatt. Bewundernd streiche ich über die ebene Oberfläche, die mir gar nicht kalt vorkommt.

»Coleman! Trödeln Sie nicht rum«, ermahnt mich der Captain. »Sie halten uns alle noch auf.«

Wir laufen stundenlang den steilen Weg hinunter. Außer Wänden und nochmals Wänden ist nichts zu entdecken. Nach einer Weile fühlt sich bei mir alles unterhalb der Hüfte völlig taub an. Das andauernde Gefälle ist eine extreme Belastung für die Beine.

»Also Tunnel bauen könn'se ja«, kommentiert Kendall genervt. »Ich entdecke gar keine Spuren von Meißeln oder sonstigen Werkzeugen an den Wänden. Sieht aus, als wäre der Gang in einem Stück in den Berg geschmolzen worden.«

Prof. Lankford ist ebenfalls verwundert. »Ja, das habe ich auch schon bemerkt, höchst interessant!«

»Dieses Scheiß Gefälle geht mir auf die Knie«, sagt Preston schlecht gelaunt. »Gott, ich wünschte, ich hätte noch Kippen ...«

Ich sehe zu Freeman nach vorne. »Wir laufen jetzt schon seit Stunden und haben immer noch nichts entdeckt, wäre eine kleine Pause zu viel verlangt?« Freeman dreht sich zu mir um.

»Ich denke, gegen eine Pause von zehn Minuten ist nichts einzuwenden.«

»Na endlich ...«, ruft Preston und lässt sich erschöpft auf den glatten Steinboden fallen.

Schweigend sitzen wir beieinander und genießen die kurze Unterbrechung, bis sich Dr. Oakland zu Wort meldet:

»Meine Messungen ergeben, dass wir uns mittlerweile mehr als 18 Kilometer unter der Oberfläche befinden. Auch die Temperatur steigt stetig an, anscheinend gibt es immer noch einen warmen Kern.«

»Schön und gut, aber ich brauch was zu essen«, beschwert sich Navigator Kendall. »Mein Magen hängt mir schon in den Kniekehlen.«

Freeman sieht zu ihm herüber. »Da werden Sie warten müssen. Auf diesem schiefen Untergrund schlagen wir kein Lager auf.«

»Was ist eigentlich, wenn sie feindselig sind? Vielleicht ist das Ganze auch nur eine Falle für uns?«, frage ich.

Lankford seufzt. »Das wollen wir nicht hoffen.«

»Und wenn, dann haben wir diese Babys hier«, sagt Kendall und streichelt seine Waffe.

Ich blicke besorgt in die Runde. »Ich meine, sie wissen ja jetzt, wo wir herkommen«, erkläre ich.

»Das ist Schwachsinn, das wussten sie auch schon vorher«, erwidert Oakland und schüttelt den Kopf. Freeman rappelt sich auf und sieht uns auffordernd an. »Los, Männer, weiter geht's, tratschen können wir auch, wenn wir da sind!«

Wenig begeistert stehen wir wieder auf. Durch den Gang ist ein leises Heulen zu hören, ausgelöst durch einen vorbeistreifenden Windzug.

Oakland steht gespannt auf der Stelle. »Hört ihr das? Es kann nicht mehr weit sein.«

Und als ob er es heraufbeschworen hätte, bemerken wir auf einmal einen schwachen Lichtpunkt in der Ferne.

»Da. Seht doch! Ich wusste doch, dass es ein Ende gibt.« Lankford versucht auf den kleinen weißen Punkt zu deuten.

Captain Freeman treibt uns weiter. »Nicht quatschen, gehen!«, sagt er und stößt uns von hinten an.

Das Licht wird mit jedem Schritt heller und mit der Zeit ist es überdeutlich zu erkennen.

»Merkt ihr das auch ... das Gefälle ist weg«, stelle ich fest.

Prof. Lankford stimmt mir zu. »Wir müssen am Ende sein.« Er schiebt sich an uns vorbei, um nach vorne zu kommen.

Wir stehen in einer gigantischen Höhle. Weit und breit sind keine Wände oder eine Decke zu sehen. Man könnte meinen, man stünde nachts auf einem riesigem Feld. Die Lichtpunkte entpuppen sich als kleine Pflanzen, die wunderschön leuchtend zu unseren Füßen wachsen. Sie sind mit durchgehenden fluoreszierenden Streifen an den Blatträndern versehen, was ihnen eine klare Kontur verleiht.

»Was ist das?«, fragt Preston ungeduldig.

Lankford bückt sich zu einer der Pflanzen. »Sieht aus wie eine Art Biolumineszenz.«

»Bio was?«

Preston scheint mir wirklich nicht der hellste zu sein, wenn er sich nicht gerade mit seinen Elektrobauteilen oder Schaltplänen beschäftigt.

»Biolumineszenz«, sagt Lankford betont. »ist eine spezielle Form der Chemilumineszenz. Höher organisierte Organismen können in Form von chemischen Prozessen Energie freisetzen, die als Licht wahrgenommen wird. In diesem Fall haben Pflanzen diese Fähigkeit entwickelt.«

»Seht nur, die Blätter sind ganz schwarz«, stellt Kendall fest.

Lankford geht näher an eine der Pflanzen heran. »Tatsächlich! Überaus faszinierend. Anscheinend haben sie sich perfekt an das Leben unter der Oberfläche angepasst. Ich frage mich nur, woher sie ihre Energie beziehen, Fotosynthese können wir wohl ausschließen«, stellt er fest und schaut nach oben in ein riesiges schwarzes Nichts.

»Lankford, sehen Sie mal!« Oakland hält ihm das Messinstrument unter die Nase.

»Ha, wusste ich es doch. Und der Tox?«

»Kein Ausschlag.« Lankford nickt und fummelt an seinem Helm herum. Freeman schreit entsetzt auf.

»Was zum Teufel machen Sie da?« Mit einem Ruck zieht Lankford sich den Helm vom Kopf.

»Reine Atemluft«, stellt er fest und grinst Freeman freudig an. »Sparen wir den Rest Sauerstoff für den Notfall auf.«

Wir nehmen unsere Helme ab.

Kendall nimmt einen kräftigen Zug von der fremdartigen Luft. »Mann, die Luft ist so sauber hier. Viel sauberer als auf der Erde.«

»Da haben sie nicht unrecht«, antwortet Oakland. »Die Luft ist hier so rein, dass man sie in Flaschen abfüllen könnte.«

Captain Freeman zieht sich jetzt ebenfalls den Helm von seinem Kopf und atmet vorsichtig ein. »Okay, dann wollen wir mal weiter, bevor wir hier Wurzeln schlagen. Prof. Lankford, Sie erstellen eine topografische Karte, damit wir später den Weg zurückfinden.«

Lankford nickt und tippt auf seinem Tablet herum. Wir laufen weiter. »Hört doch mal«, flüstert Kendall und drückt seinen Fuß fest auf den Boden.

»Der Untergrund knirscht wie frischer Schnee ... ist aber fest wie gewöhnlicher Sandboden.«

Oakland ist ebenfalls erstaunt. »Seltsam ...«

Ich schaue mich um. Ringsherum nur Dunkelheit und Stille. Wir machen uns auf, die neue Gegend zu erkunden und haben im Grunde keine Ahnung, wo wir hinlaufen. Immer wieder sehen wir vereinzelt eine dieser fluoreszierenden Pflanzen, aber das war es dann auch. Die blühende Vegetation, die wir uns ganz zu Anfang erhofft hatten, bleibt mal wieder aus. Als wir uns immer mehr vom Eingang entfernen, habe ich zunehmend das Gefühl, aus der Dunkelheit heraus beobachtet zu werden.

»Naja, viel mehr als auf der Oberfläche ist hier auch nicht los«, stellt Kendall fest und greift in den toten Sand zu seinen Füßen.

Lankford unterbreitet Freeman einen Vorschlag: »Sir, wir sind mittlerweile über 12 Stunden auf den Beinen, ich schlage vor, wir errichten unser Nachtlager und ruhen uns aus.«

Freeman fasst sich nachdenklich an den Kopf. »Ja gut, bauen wir die Zelte auf.«

Techniker Preston juchzt über Freemans Anweisung auf. Wir legen unsere Ausrüstung ab und fangen an die 1-Mann-Zelte aufzuschlagen. Im Grunde ein einfaches Unterfangen, die Zelte entfalten sich selbst, sobald man sie aus der engen

Schutzhülle zieht. Im Handumdrehen stehen sechs kleine Zelte in Kreisformation.

»Essen Sie etwas und legen Sie sich hin«, befiehlt Freeman. »Wir brauchen den Schlaf, morgen steht wieder viel Wandern auf dem Plan.«

Wenig begeistert packen wir unsere Verpflegung aus. Es schmeckt nicht sonderlich gut, aber es gibt Energie, das ist es, was zählt. Preston schlingt seine Ration herunter, als gäbe es keinen Morgen mehr. Wie ein Tier, das hungrig den Müll nach Essensresten durchsucht.

»Lankford, was glauben Sie, was das hier ist?«, frage ich und kratze in meinem Essen herum.

Lankford sieht zu mir. »Schwer zu sagen. Vermutlich künstlich angelegt, aber den Zweck erkenne ich auch noch nicht wirklich.«

»Wahrscheinlich eine geheime Höhle«, sagt Preston mit vollem Mund.

Darauf wäre ich jetzt nicht gekommen, denke ich und verdrehe die Augen. »Naja, ich hätte mir irgendwie mehr erhofft. Ich meine, viel anders als auf der Oberfläche ist es hier auch nicht.«

»Ich finde, allein die Entdeckung dieser Pflanzen ist schon aufregend genug, wer weiß, was uns sonst noch erwartet«, erwidert Oakland.

Freeman steht auf und entsorgt seinen Müll. »Macht euch nicht zu viele Gedanken. Näheres erfahren wir morgen.«

Ich nicke ihm zu.

Als ich meine Ration aufgegessen habe, krieche ich erschöpft in mein Zelt. Die anderen machen es mir wenig später nach. Zu unserer Sicherheit teilt Captain Freeman Wachen ein. Kendall soll die erste Schicht übernehmen. Völlig übermüdet lege ich mich auf mein hartes Bett.

...

Plötzlich werde ich von einem lauten Schrei geweckt. Erschrocken springe ich hoch. Ich höre, wie Preston panisch ruft:

»Helft mir doch! So helft mir! Ich kann ihn nicht mehr festhalten ...« Ohne nachzudenken, stürme ich aus meinem Zelt. Die anderen sind bereits da. Ich sehe, wie Preston und Lankford an Kendalls Oberkörper ziehen, der von einer schwarzen, großen Gestalt in die Dunkelheit gezerrt wird. Geschockt stehe ich auf der Stelle. Freeman hastet zu seiner Ausrüstung und greift nach seiner Waffe. Preston jammert und wimmert laut: »Helft uns doch! Helft uns!«

Ein unbekanntes Wesen zieht mit seitwärts schlagenden Bewegungen an Kendalls blutüberströmten Körper, der mittlerweile keinen Laut mehr von sich gibt. Was zum Teufel ist hier los? Freeman stellt sich auf, setzt sein Gewehr an und feuert eine Salve in die Dunkelheit. Die Geschosse leuchten im Flug auf und scheinen etwas getroffen zu haben. Das Wesen glüht mit einem Mal feuerrot auf. Stampft mit aller Kraft auf den Boden und reißt

Kendall mit einem so gewaltigen Ruck zu sich, dass Preston und Lankford mehrere Meter weit nach vorne fliegen. Mit großen Schritten verschwindet das Ding mit unserem Navigator in der Dunkelheit. Selbst der Captain, den so leicht nichts erschüttert, steht kurzzeitig wie angewurzelt auf der Stelle. »Was steht ihr hier so herum, schnappt eure Ausrüstung und hinterher!«

Geistesabwesend greife ich nach meinem Rucksack und schnalle mir im Rennen meine Waffe um den Leib. Im Dunkeln stolpere ich ungeschickt und falle auf meine Ausrüstung. Schnell raffe ich mich wieder auf. Das immer schwächer glühende Rot des Ungeheuers ist in der Ferne gerade noch so zu sehen.

Wir rennen dem Licht wie besessen hinterher und bemerken gar nicht, dass wir auf einmal in einem riesigen, dichten, leuchtenden Wald mit unzähligen Pflanzen stehen.

»Ausschwärmen! Wenn wir Kendall in fünf Stunden nicht gefunden haben, treffen wir uns wieder im Lager«, ruft Freeman und stürmt los.

Die anderen folgen Ihm nach und machen sich in verschiedene Richtungen auf. Auch ich eile los, jedoch mit der Hoffnung, dem Ding nicht über den Weg zu laufen ...

Immer tiefer treibt es mich in den Wald, bis mein Rennen langsam in ein Laufen übergeht und mein Laufen in ein Gehen ... Wo bin ich hier? Orientierungslos schaue ich mich um. Mir fällt erst jetzt wirklich auf, dass sich die Umgebung verändert hat.

Ich stehe in einem großen, zugewachsenem Wald mit einer mir völlig fremdartigen Flora. Neugierig sehe ich mir die merkwürdigen Gewächse genauer an. Einige Pflanzen ragen weit in die Höhe und kräuseln sich wie gigantische fluoreszierende Korkenzieher. Andere wiederum wachsen in Augenhöhe und haben lange, leuchtende Blätter, die wie Arme aussehen und in alle Richtungen reichen. Wieder andere ragen trichterförmig vom Boden nach oben und haben im Inneren ein flackerndes, gelbliches Licht. Ich stehe fasziniert auf der Stelle und schaue mir dieses wunderschöne Lichterwerk an. Mit der aufkommenden Ruhe fallen mir die unzähligen leisen Hintergrundgeräusche auf, die von überall herzukommen scheinen. Es klingt nach kleinen Tieren oder Insekten. Vorsichtig fasse ich die langarmige Pflanze vor mir an, die ihre Fühler um meinen Finger legt. »Unglaublich ...« Noch nie habe ich so etwas Beeindruckendes und Schönes gesehen. Leider kann ich mich nur begrenzt freuen, sofort fällt mir wieder ein, weswegen ich eigentlich hier bin.

Ich kann den Angriff auf Kendall nur schlecht realisieren, es ging alles so schnell. Mich überkommt eine Mischung aus Entsetzen, Angst und Panik. Im Grunde war ich noch im Halbschlaf, als

146

dieses Ding Kendall verschleppt hat. Nicht in der Lage, Traum und Wirklichkeit genau zu differenzieren. Wobei, wenn ich mich hier so umsehe, fällt mir das auch nicht gerade leicht.

Als ich tiefer in den Wald vorstoße, treffe ich auf einen kleinen Bach. Ich erkenne das Wasser nur, weil eine Art fadenförmiges Moos unter der Oberfläche wächst. Hell leuchtet es unter dem Nass hervor und wirft einen grünlichen Schimmer auf mein Gesicht. Die glitzernde Flüssigkeit weckt meinen Durst. Ich lege mich auf den Bauch und trinke mit großen Schlucken aus dem kleinen Gewässer. Das Wasser schmeckt absolut klar und rein. Erfrischt richte ich mich wieder auf und wische mir über den Mund.

Mit einem Mal bemerke ich, wie etwas in dem länglichen Strauch vor mir raschelt. Hektisch greife ich nach meiner Pistole und ziele in die Richtung des Geräusches. Da erscheint ein kleines fremdartiges Wesen, das sich mit kurzen Schritten nähert. Es beäugt mich argwöhnisch und bückt sich dann zum Wasser hinunter. Es sieht sehr seltsam aus. Wie eine Mischung aus einem Hund und Salamander. An seinen vorsichtigen Bewegungen erkenne ich, dass es mehr Angst vor mir zu haben scheint als ich vor ihm. Langsam senke ich die Waffe und schaue der Kreatur neugierig beim Trinken zu. Ich strecke ihm eine Hand entgegen und schnalze mit der Zunge, um es anzulocken. Es stellt kurz seine ovalen Ohren auf und kommt dann behutsam auf mich zu. Sachte schnuppert es mit seiner feuchten Nase an meiner Hand und drückt seinen Kopf gegen meinen Handrücken. Es fühlt sich ganz glatt und trocken an, fast wie eine Schlange. Ich muss lachen und kraule den kleinen Kerl am Hals.

Es ist wirklich verrückt. Vor zwei Tagen saßen wir noch in einer toten Einöde fest und jetzt streichle ich einen außerirdischen Bello hinter dem Ohr. Das Tier ist sichtlich angetan von meinen Streicheleinheiten und fängt an bläulich aufzuleuchten. Die fluoreszierenden Streifen auf seiner Haut wandern pulsierend vom Kopf bis zum Schwanz hinunter. »Du bist ja ein putziger Kerl«, sage ich mit sanfter Stimme. Sein Schwanz ähnelt einer Flosse, was mich darauf schließen lässt, dass es hier größere Gewässer geben muss, in denen es sich aufhalten kann.

Wie ich da so sitze und Zärtlichkeiten austausche, muss ich an Sara denken, sie hätte meinen kleinen Freund bestimmt mit Haut und Haar verschlungen. Was sie wohl gerade macht? Sicherlich ist sie schon ganz krank vor Sorge und sucht bereits nach uns.

Plötzlich höre ich einen Schrei. Der Kleine stellt angespannt die Ohren auf und erlischt auf der Stelle. Ehe ich mich versehe, verschwindet er wieder im schwarzen Dickicht. Der Wald gibt genügend Licht ab, um sehen zu können, dennoch reicht es nicht für weite Distanzen aus. Ich schaue irritiert in alle Richtungen, in der Hoffnung, den Schrei beim zweiten Ertönen orten zu können. Da ist er wieder! Er kommt von da vorne. Soll ich dem nachgehen? Oder nur Verstärkung rufen? Bis jedoch alle hier sind, könnte es schon zu spät sein. Ich beschließe, der Stimme zu folgen und Kendall zu Hilfe zu eilen.

Ich mache mich auf den Weg und versuche über Funk meine Crew zu erreichen, aber mehr als ein Rauschen bekomme ich aus dem Interkom nicht zurück. Da höre ich ein leises Wimmern in der Nähe. »Kendall!«, schießt es mir durch den Kopf. Ich sprinte Hals über Kopf in die Richtung, aus der die Laute kommen. Er ist vielleicht noch am Leben! Ich schreie seinen Namen. Da kommt mir die Bestie wieder in den Sinn, die, wie ich mir vorstellen kann, bestimmt nicht taub ist. Hinter einem großen Busch entdecke ich ihn dann.

»Kendall?«, flüstere ich leise.

Er liegt angelehnt an einem Fels auf einer kleinen, blutverschmierten Lichtung. Als ich auf ihn zu laufe, bleibe ich geschockt stehen. Er ist überaus schlimm zugerichtet. Seine rechte Gesichtshälfte hängt ihm am Kiefer herunter und sein Unterleib ist größtenteils abgenagt. Es wundert mich, dass er überhaupt noch lebt. Ich knie neben ihm auf den Boden und fasse vorsichtig auf seinen Brustkorb.

»Kendall? Oh, mein Gott. Kannst du mich hören? Ich bin's ...«

Er sieht mich an. Aus seinem Mund tritt Blut aus und tropft mir auf die Hand. Ich habe Mühe meinen Würgereiz zu unterdrücken oder ihn überhaupt länger anzusehen. Er zieht mich zu sich hinunter und flüstert mir zu:

»John, bist du es?«

»Ja, ich bin es ...«, antworte ich und presse die Hand auf eine seiner vielen Wunden.

»John, sieh mich an«, sagt er schwer atmend. »Du weißt, was zu tun ist ...« Ich sehe ihn schockiert an und mache einen Satz nach hinten.

»Kendall, sowas ka... kann ich nicht!«

»Du musst. So sind die Regeln«, sagt er und schreit auf vor Schmerzen.

»Was denn für Regeln?«

»John, bitte. Ich bitte dich als Freund.« Er deutet auf meine Waffe. »Versprich mir, dass du dich um meine Frauen kümmerst, John.« Ich knie in Tränen aufgelöst vor ihm und richte zitternd meine Pistole auf seinen Kopf. Er kneift die Augen zusammen. Eine Träne läuft aus seinem linken Augen und tropft auf den Lauf meiner Waffe. Ich sehe, wie er leidet und würde ihn wahrscheinlich um dasselbe bitten. »Bitte, John, bitte!«

»Ist gut, Jim ...«, sage ich schluchzend, schließe die Augen und drücke ab.

Der Schuss hallt wie eine Explosion in der Ferne nach. Erschüttert falle ich nach hinten und lasse die Waffe zu Boden gleiten. Ich habe soeben einen Menschen erschossen, hämmert es in meinem Kopf.

Bevor ich zur Besinnung kommen kann, höre ich ein entsetzliches Jaulen, das näherzukommen scheint. Kopflos schnappe ich meine Sachen und stürme los. Hauptsache weit weg von dieser Kreatur und meinem zerstückelten Freund. Ich renne, so weit mich meine Füße tragen. Vorbei an skurrilen Pflanzen und fremdartigen Lebewesen. Ich renne so schnell, wie ich in meinem ganzen Leben noch nicht gerannt bin, immer weiter und weiter. So lange, bis mich ein stechender Schmerz zu Boden wirft und ich gezwungen bin anzuhalten.

Völlig außer Atem liege ich unten und presse Luft in meine Lungen. Was ist hier bloß los? Wo bin ich hier hineingeraten? Humpelnd halte ich mich an einem der großen baumartigen Gewächse fest und massiere meinen schmerzenden Unterleib. Ich kann immer noch nicht fassen, was gerade passiert ist. Mit einem Mal spüre ich, wie mich etwas Klebriges am rechten Arm packt, fest umklammert und ruckartig in die Baumwipfel zieht. Geschockt blicke ich nach oben, direkt in den scharfkantigen Schlund einer riesigen Pflanze. Panisch versuche ich, mit der linken Hand an meine Waffe zu gelangen und gebe einen gezielten Schuss in den offenen Schlund ab. Die Pflanze platzt durch die Wucht der Kugel. Mit einem dumpfen Schlag falle ich wieder zu Boden. Vor mir regnet ein milchiger, leuchtender Schleim herunter, der laut zischend auf den Untergrund fällt. »Was zum Teufel war das?« Mit geweiteten Augen und hektischer Atmung sehe ich zu dem glimmenden Rest nach oben. Langsam dämmert es mir, wie diese Pflanzen hier ohne Sonnenlicht überleben können. Dieser friedlich und anmutig scheinende Ort entpuppt sich immer mehr als der fleischfressende Horror. Ich will hier nur noch weg.

Als ich mich aufrichte, melden sich meine Unterleibschmerzen wieder, die auf einmal unerträglich stark sind. Was ist denn jetzt noch? Das Pech scheint an mir zu kleben wie eine Tube Superkleber.

Qualvoll krümme ich mich am Boden und schmecke den süßlichen Geschmack von Eisen auf der Zunge. Ich wische mir verstört mit der Hand über den Mund und entdecke Blut an meinen Fingerspitzen. »Nein, nicht das noch ...«, wimmere ich kläglich. Ich muss irgendwas abbekommen haben. Schmerzerfüllt robbe ich zu meiner Waffe und versuche, einen Signalschuss abzugeben, aber meine Muskeln gehorchen meinen Anweisungen schon nicht mehr. Zuckend winde ich mich am Boden, bis ich vor Schmerzen das Bewusstsein verliere ...

Kapitel 6 - Die Anderen

Ich spüre ein Ziehen und Stechen am Rücken ... Meine Hände und Füße sind gefesselt ... Irgendjemand schleift mich durch das Unterholz ... Links und rechts höre ich Schritte ... seltsame Stimmen ... Ich richte den Kopf auf ... und falle bewusstlos wieder nach hinten ...

Ich wache auf. Mein Bauch schmerzt, als ob ich Glas gegessen hätte. Über mir sehe ich verschwommenen ein fremdartiges Wesen. Es hält meinen Kopf nach oben und versucht, mir einen Trank einzuflößen. Immer wieder hält es mir die Schale an den Mund und animiert mich zum Trinken. Willenlos schlürfe ich die stinkende Brühe. Es spricht in Kehllauten zu mir und drückt meinen Kopf wieder nach unten ... Alles versinkt erneut in Dunkelheit ...

Als ich erwache, sind die Schmerzen weg und ich habe wieder Gefühl in meinen Gliedmaßen. Vorsichtig richte ich mich auf und sehe mich um. Ich befinde mich auf einer langen Liege in einer kleinen, hohen Hütte. Auf einmal bewegt sich der Vorhang zur Seite und das Wesen aus meinem Fiebertraum betritt den Raum. Es ist groß und schlaksig. Sein Kopf sieht aus wie eine Mischung aus Vogel und Schildkröte mit einem kräftigen, nach vorne geschobenen Unterkiefer. Am Kopf trägt es kurze, fingerdicke Borsten, die schräg nach oben abstehen. Als ich seine Hände sehe, bemerke ich, dass es sechs Finger hat, aber nur vier Zehen. Es kommt auf mich zu und hält beschwichtigend eine Hand nach oben. Ich erschrecke beim Anblick dieses fremdartigen Geschöpfs und drücke mich ängstlich gegen die Wand. Das Wesen deutet an, dass es seine Hand auf meinen Nacken legen will. Ich schaue es verunsichert an, nicke dann aber. Vorsichtig drückt es meinen Kopf nach unten. Ich merke einen stechenden Schmerz. Panisch versuche ich mich aufzubäumen, aber das Wesen hält mich mühelos fest. Es fühlt sich so an, als ob es etwas Längliches in meine obere Wirbelsäule schiebt. Die Schmerzen sind kaum auszuhalten, bis sie mit einem Mal verschwinden und das Geschöpf seinen Griff lockert. Ich schrecke zurück und reiße seine Hand von meinem Kopf.

»Erschreckt nicht, Mensch«, spricht es auf einmal. »Ich ... ich kann dich ja verstehen!« Völlig erstaunt stehe ich vor dem großen exotischen Geschöpf, das auf einmal eine mir verständliche Sprache spricht. »Wer bist du? Was bist du?«, frage ich.

»Unser Name ist Grigax, Angehöriger der Xexar. Wir sind ein Sternenvolk aus dem Kirennsystem und wir sind wie du der Träger unseres Volkes.«

Ich schweige kurz. Was passiert hier gerade? Ich muss im Wald gestorben sein. Eine andere Erklärung fällt mir nicht ein.

»Wo bin ich hier?«

»Ihr seid in unserem Zuhause, einer Höhle, die ehemals Heimat einer Senkwurmkolonie war.« Ich sehe mich um und entdecke die Schale mit der Medizin vor meinem Bett. »Ihr hattet Glück«, sagt er. »Ein gefährlicher Parasit hatte sich in euren Eingeweiden eingenistet, wenige Minuten später und wir hätten nichts mehr für euch tun können.« Ich schaue konsterniert auf und erinnere mich an die Schmerzen, die mich fast verrückt werden ließen. »Ich muss mich bei dir bedanken, du hast mir das Leben gerettet.«

Grigax sieht mich an, als wüsste er nicht, was ich gerade gesagt habe ...

»Nun ja, du weißt schon, ich bin dankbar. Dafür, dass du mich gerettet hast.« Grigax starrt mich weiterhin an. »Egal ...«, entgegne ich.

»Ihr seid eine interessante Spezies«, stellt er fest und tätschelt meinen Schädel.

Ich werde zornig. »Hey, Finger weg!«

Grigax nimmt seine schlanken Finger von meinem Kopf. »Ich konnte nicht umher, eure Gedanken und Erfahrungen auszulesen.«

»Ach ja?«, sage ich gereizt und lege meine Haare wieder glatt. »Schön für dich ...«

Er sieht mich konzentriert an. »Aus irgendeinem Grund scheint ihr euer mentales Potenzial nie wirklich ausgenutzt zu haben. Das ist mir unerklärlich, denn trotz dieser Behinderung konntet ihr eine erhöhte Stufe der Evolution erreichen. Das ist eine ungewöhnliche Anomalie für einen Angloid.«

»Wie, behindert ...?«, erwidere ich leicht gekränkt. »Und was meinst du mit Angloid?«

»Die Angloiden sind die Kinder der Anglaten, jene, die ihr Prätolisianer nennt. Die Erschaffer, die Lebensspender, unsere gemeinsamen Väter.«

Ich kann es kaum fassen, alles, was Lankford und Oakland erzählt haben, scheint wahr zu sein. Sie würden Augen machen, wenn sie uns hier sehen könnten.

»Was macht ihr hier? Wohnt ihr etwa auf diesem Mond?«

»Wir kamen vor langer Zeit auf diesen Perx mit dem gleichen Ziel wie ihr Menschen. Der Beschaffung des DNA-Schlüssels mit dem Vorhaben, die xexarische Evolution abzuschließen und uns von unserer Erbkrankheit zu heilen. Jedoch gab es einen Zwischenfall und unser Shuttle stürzte kurz vor der Landung ab. Hilflos konnten wir uns nur noch im Inneren des Perx verstecken und warten seitdem auf unsere Rettung. Ihr seid die erste intelligente Spezies seit 768 Zyklen, die auf diesem Perx gelandet ist.«

Ich halte mich an der Liege fest. Wir sind nicht alleine auf diesem verfluchten Mond, schießt es mir durch den Kopf. In mir keimt ein kleiner Hoffnungsschimmer auf, doch wieder nach Hause zu kommen.

»Was ist ein Perx?«

»Perx sind die Außenstationen der Anglaten, in denen die Überspezies ihren letzten Test abschließen. Es gibt pro Galaxie einen Perx, unser ist der Tervan Perx.«

»Aha ... und wie viele Xexar seid ihr auf diesem Perx?«

»Mittlerweile gibt es 137 von uns.«

Ich bekomme große Augen. »Dann muss euer Raumschiff ja riesig gewesen sein!«

»Das ist nicht korrekt, wir bestanden anfangs aus drei Mitgliedern: Tergex, Primox und uns. Wir pflanzen uns, im Gegensatz zu euch, asexuell fort und kennen daher weder Männchen noch Weibchen.«

»Naja, kann auch von Vorteil sein«, sage ich und schmunzle.

Grigax sieht mich wieder so prüfend an. »Ihr Menschen seid eine seltsame Spezies. Wir lasen ein irrationales Gewaltpotenzial in eurer Gattung aus, was sich sowohl gegen eure Art als auch gegen euch selbst richtet. Das ist ungewöhnlich. Kein Angloid, den wir bis jetzt getroffen haben, zeigt ähnliche Anomalien.«

»Aha ...« Mein neuer Freund scheint ziemlich viel über uns in dem kurzen Zeitraum herausgefunden zu haben. »Es gibt noch mehrere von euch, ich meine uns?«

»Ja. Ihr seid genauso ein Teil von uns, wie wir von euch. In eurer Sprache wäre von einer direkten Verwandtschaft die Rede, wie Bruder und Schwester.«

»Faszinierend ... Ich meine, wir dachten bis vor kurzer Zeit noch, dass wir völlig alleine wären.«

»Eure Form der ineffizienten Kollektivierung auf der Grundlage von Egoismus und Neid interessiert mich sehr. Wie konntet ihr so lange mit dieser Behinderung existieren?«

»Ey! Über das mit der Behinderung müssen wir nochmal reden ...«

»Wir Xexar haben kein Wort für Egoismus. Unsere Gemeinschaft funktioniert wie ein großes Netzwerk auf der Grundlage von Telepathie. Jeder weiß alles über jeden. Unsere Gedanken sind stetig mental synchronisiert. Zusammen ergeben wir ein großes Individuum. So haben wir es bis jetzt bei allen höher entwickelten Angloiden kennengelernt, aber ihr fallt nicht in dieses Schema. Eure gesellschaftliche Struktur ist so umständlich und unnötig komplex. Auch ist anzumerken, dass ihr mit Abstand die jüngste Angloidenrasse seid, die wir bis jetzt kennen.«

Ich schweige.

»Genug der Worte vorläufig. Wir erwarten euch.« Grigax deutet mit seinem langen Arm auf den Durchgang. Ich schaue ihn fragend an, aber er verharrt wortlos in seiner Geste. Langsam stehe ich auf und folge seiner Anweisung.

Als ich den Vorhang zur Seite schiebe, finde ich mich überraschenderweise in einer großen Höhle wieder. Überall sehe ich Schalen, in der sich eine grell fluoreszierende Flüssigkeit befindet, die schimmernd den ausgedehnten Raum erleuchtet. Die Höhle ist kreisförmig aufgebaut. Im Mittelpunkt steht ein hoher Tisch mit seltsamen Stühlen. Um die Höhlenmitte herum sind lauter kleine Unterkünfte, die in den Berg gegraben wurden. Die Fronten der kleinen Behausungen sind aus dickem schwarzem Holz gebaut, in dessen Mitte sich ein hoher schmaler Durchgang befindet. Am Tisch sitzen zwei weitere Xexar, die äußerlich genau wie Grigax aussehen. Der einzige Unterschied ist, dass Grigax eine längliche Narbe im Gesicht aufweist.

»Nehmt Platz ...«, lädt mich Grigax ein.

Er zeigt auf den rechten Stuhl neben sich, dessen Lehne wie ein krummer, metallener Schwanenhals aussieht. Ich zwänge mich auf den Stuhl, der ganz und gar nicht zu meiner Anatomie passt und halte mich mit den Händen am hohen Tisch fest.

»Wir heißen euch willkommen, Mensch. Wir sind Primox und das sind Tergex ...«

Ich schaue die beiden irritiert an. Mir fällt erst jetzt auf, dass die Xexar kein Wort für »ich« oder »meins« zu haben scheinen. Ich stehe auf, nicke ihnen freundlich zu und taste nach hinten, um mich wieder in den Stuhl zu setzen. Ist Nicken überhaupt eine Geste der Freundschaft bei den Xexar oder bedeutet es gar etwas anderes? Unsicher, wie ich mich ausdrücken soll, stehe ich noch einmal auf und sage: »Danke schön.« Da fällt mir ein, dass die Xexar das Wort danke gar nicht kennen. Die drei schauen mich verwirrt an. Ich grinse verlegen und setze mich wieder hin, um die Situation nicht noch peinlicher zu gestalten.

»Wir sind erfreut, Bekanntschaft mit einer neuen Angloidenrasse zu machen«, antwortet Tergex. »Seit unserer Ankunft auf diesem Perx haben wir kein höheres Lebewesen mehr gesehen.«

»Ich ... wir ...«, korrigiere ich mich räuspernd, »Menschen freuen uns auch, euch kennenzulernen. Wir glaubten lange Zeit, alleine im Universum zu sein. Darum ist es für uns ein ganz besonderes Ereignis und eine Ehre«, sage ich und wundere mich selbst über meinen geschwollen, patriotischen Unterton. »Bevor wir jedoch weiter reden, muss ich euch um etwas bitten ... ich brauche Hilfe bei der Suche nach meiner Crew ... wir ...« Da unterbricht mich Grigax mitten im Satz.

»Eure Crew wurde vor kurzer Zeit entdeckt. Dregox wird sie zu uns bringen.«

Ich schaue ihn verwundert an. Damit hätte ich jetzt nicht gerechnet. »Und wann treffen sie hier ein?« »Dann, wenn es geschieht«, antwortet Primox.

»Ach so ... ja dann ... warten wir wohl am besten hier«, sage ich und setze mich wieder in meinen Stuhl.

Plötzlich herrscht eine peinliche Stille. Alle schauen mich an, aber keiner sagt etwas. Es kommt mir vor wie meine letzte Verabredung mit der Zahnarztassistentin auf der Erde, die durch ihre fehlenden Interessen und Hobbys das Gespräch ganz schnell von einem Dialog in einen Monolog umgewandelt hat. »Ähm ... Grigax erwähnte vorhin, dass ihr gegen irgendeine Erbkrankheit kämpft ...«

Primox sieht mich an. »Das ist korrekt. Unser Volk wird seit Anbeginn der Zeit von einer Krankheit heimgesucht, die tief in unseren Genen verankert ist. Selbst den besten Wissenschaftlern von Xerx gelang es nicht, eine Heilung zu finden, bis wir vor langer Zeit auf den Crix stießen, der uns wieder Hoffnung gab.«

»Das Objekt, das ihr Kubus nennt«, wirft Grigax ein.

Primox fährt fort. »In dem Crix entdeckten wir die Lösung für unser Volk, das zu dem Zeitpunkt bereits stark dezimiert war. Unsere Expedition zu dem Tervan Perx war die einzige Hoffnung, die Xerx noch hatte. Aber mit dem Festsitzen auf diesem Perx schwindet auch diese Hoffnung für uns Xexar. Wir gehen davon aus, dass unser Volk bereits erloschen ist. Wir sind die letzten Überlebenden und somit das Erbe unserer Spezies.« Eine kurze Pause des Schweigens tut sich auf ... »Aber jetzt seid ihr gekommen, also besteht noch Hoffnung für uns.«

»Das ist erschütternd ... Dennoch weiß ich nicht, wie wir euch helfen können ...«

»Wir benötigen ein Ersatzteil«, antwortet Tergex. »Um unser Schiff zu reparieren. Eine Energiezelle. Danach werden wir auf unseren Planeten zurückkehren und dank des DNA-Schlüssels eine Neubesiedlung starten, um Xerx wieder zu seiner alten Größe zu verhelfen.«

Bei dem Wort werde ich auf einmal hellhörig. »Moment mal ... Ihr habt euren Schlüssel schon gefunden?«

»Ja.«

»Nun ja ... ich kann das nicht alleine bestimmen, aber ich bin mir sicher, wir kommen da zu einer Übereinkunft. Könnt ihr uns denn zeigen, wo wir den ähm ... Crix auf diesem Perx finden?«

Grigax antwortet mir. »Ja. Aber um diesen Perx zu verlassen, müssen wir auch das Energiefeld überbrücken, das uns umgibt. Unsere Mittel und Ausrüstung sind jedoch beschränkt.«

»Nun ja, ich bin kein Techniker, aber ich glaube, wir können da weiterhelfen.«

Auf einmal unterbricht Tergex unser Gespräch. »Wir bekommen soeben die Nachricht, dass eure Freunde auf dem Weg hierher sind«, sagt er.

»Sehr gut!«, entgegne ich erfreut. »Es gibt da noch eine Sache, bei der wir eure Hilfe bräuchten. Ein Crewmitglied befindet sich noch in unserer Basisstation an der Oberfläche ... gibt es eine Möglichkeit, Kontakt mit ihr aufzunehmen?«

Grigax sieht mich an. »Wir befinden uns im Zyklus des Merroson, einem starken elektromagnetischen Sturm, der vier Unterzyklen anhält. Zurzeit wird der Kontakt mit eurem weiblichen Crewmitglied schwierig sein. Es gibt jedoch kurzzeitige Ruhephasen, in denen ein Funkverkehr möglich ist. Jene erfordern aber eine genaue Berechnung, denn das Betreten der Oberfläche während der aktiven Phase ist tödlich.«

»Aber es gibt eine Möglichkeit?«, frage ich und springe auf. »Wir wären euch wirklich sehr verbunden, wenn ihr uns helfen könntet.«

Mit einem Mal stehen alle drei zur selben Zeit auf und blicken in Richtung Eingang.

»Sie sind da«, ruft Tergex und sieht konzentriert zu dem großen Durchgang, der sich plötzlich öffnet und von einem weiteren Xexar durchschritten wird. Hinter ihm entdecke ich meine Crew, die ihm mit gezogener Waffe folgt. Erleichtert stehe ich auf und laufe auf sie zu. Captain Freeman, der an vorderster Stelle steht, senkt die Waffe zu Boden und starrt mich ungläubig an.

»Coleman?«, gibt Freeman überrascht von sich. »Was zum Teufel machen Sie denn hier?«

»Sie haben mich gefunden und hierher gebracht«, erkläre ich und deute auf Grigax und seine Leute. »Senkt eure Waffen! Sie sind absolut friedlich ... bitte.«

Meine Crew senkt langsam die Waffen. Mit offenen Mündern stehen sie im Eingang und starren auf die außerirdischen Wesen. Ich räuspere mich kurz und trete dann vor meine neuen Freunde.

»Darf ich bekannt machen«, sage ich und deute auf die Xexar. »Das sind Grigax, Primox und Tergex, die Reihenfolge weiß ich jetzt nicht mehr. Sie sind Xexar, ein Sternenvolk aus dem Kirennsystem ... und wie wir Nachfahren der Prätolisianer.« Ein flüstern geht von meinen Leuten aus. »Sie sind vor langer Zeit auf diesem Perx ... äh ... Mond gestrandet, ebenfalls auf der Suche nach ihrem DNA-Schlüssel und bereit, uns bei der Suche nach unserem Schlüssel zu helfen.«

Die vier stehen mir sprachlos gegenüber.

Dr. Oakland fasst sich an seine Brille und bringt nur ein: »Heilige Mutter Gottes« zustande.

Preston umklammert noch immer misstrauisch seine Waffe, als ob er jeden Moment angegriffen werden könnte. Da ergreift Freeman, der wie gebannt auf Grigax und Primox starrt, das Wort.

»Wir freuen uns, Sie kennenzulernen!« Er tritt nach vorne und reicht ihnen die Hand. Die Xexar schauen sich verwundert an, bis Primox seine sechsfingrige Hand in die vom Captain legt. »Ähm

... Coleman, können Sie diese Wesen verstehen?«, fragt er mich hinter vorgehaltener Hand.

»Zuerst auch nicht ... aber es gab da so eine Art Transfer«, sage ich und streiche mir über den Nacken.

Freeman schaut mich verwundert an. »Was für einen Transfer? Können Sie ein wenig präziser werden?!«

»Na ja, so eine Art Datenaustausch auf mentaler Ebene. Begreife es selbst nicht richtig«, flüstere ich.

Er sieht mich nachdenklich an und nickt mir dann kurz zu.

»Ich werde das eben abklären, bleiben Sie hier«, sagt er und geht nach hinten zu Oakland und Lankford. Nach ein paar Minuten unverständlichem Tuscheln kommt er zu mir zurück. »Okay ... könnten Sie diese Xexas ...«

»Xexar«, verbessere ich ihn.

»Ähm ... Xexar, fragen, ob sie diesen Transfer an uns ebenfalls vornehmen würden?«

Ich lächle kurz und werfe einen Blick nach hinten zu den anderen, die wie ein paar ängstliche Mäuse den Eingang belagern.

»Ich werde es versuchen«, sage ich und übersetze Freemans Bitte.

Grigax antwortet mir: »Wir fürchten, das ist nicht möglich. Der Lingualtransfer funktioniert nur unter

Trägern. Wir Träger weisen eine gewisse mentale Kompatibilität auf, die anderen Angloiden fehlt.«

»Ich verstehe ...«, sage ich und blicke zu Freeman rüber.

»Raus damit! ...Was hat er gesagt?«, drängt Freeman.

»Er sagte, dass dieser Transfer nur unter Trägern funktioniert und nicht bei anderen.«

Freeman sieht mich enttäuscht an und fährt sich nachdenklich durch den Bart. »Gut ... dann haben wir ja doch noch einen Job für Sie. Sie sind ab jetzt unser Dolmetscher. Ich will alles, was diese Kreaturen sagen, übersetzt haben und sparen Sie nicht mit Details. Verstanden?!«

»Ja ... natürlich ...«, sage ich leicht eingeschüchtert.

»Okay ... dann bitten Sie unsere neuen Freunde um ein Quartier ... wir laufen heute keinen Meter mehr.«

Ich drehe mich erneut zu Grigax und frage ihn nach einer Unterkunft für uns.

»Sie heißen uns herzlich willkommen«, übersetze ich für Freeman. »Wir können uns in der Hütte zu ihrer Rechten niederlassen.«

Der Captain nickt mir zu und wirft einen dankbaren Blick zu unseren dürren Gastgebern.

Die restliche Crew sieht abgekämpft aus. Ich vermute, dass sie im Wald ebenfalls nicht nur auf glühendes Gemüse gestoßen ist. Lankfords Anzug ist stark ramponiert, als hätte ihn ein Bär oder etwas Ähnliches angefallen. Ich helfe Oakland dabei, die restliche Ausrüstung in der Hütte zu verstauen. Preston sieht mich an, als wäre ich von einem anderen Stern. Die Tatsache, dass nur ich in der Lage bin, die Xexar zu verstehen, scheint ihm gar nicht zu gefallen.

Alle sind völlig erschöpft, die ganze Zeit fällt kaum ein Wort. Wir richten uns in der Hütte ein und bereiten uns eine Kleinigkeit zu essen. Dr. Oakland kommt mit einem Erste-Hilfe-Set und zieht Lankford vorsichtig den oberen Teil des Anzugs aus, der große Löcher und Schlitze aufweist. Lankford schreit vor Schmerzen auf.

»Was ist euch zugestoßen?«, frage ich entsetzt. Oakland blickt mich an. »Sieht man das nicht?«

Als er das Oberteil abstreift, sehe ich, wie schlimm Lankford zugerichtet worden ist, dennoch scheinen die Wunden nur oberflächlich zu sein. Oakland sprüht einen Schaum auf die Verletzungen und verbindet sie. Dann holt er eine kleine Einwegspritze aus der Tasche und klopft gegen die Injektion.

»Antimikrobielle Peptide, eine Weiterentwicklung des früheren Antibiotikums«, sagt er und injiziert sie Lankford.

Techniker Preston sieht zu Boden. »Wir konnten Kendall nicht finden ...«

Da schießt es mir wieder durch den Kopf. Ich hatte es schon ganz tief in meinem Unterbewusstsein

167

vergraben zwischen Terror, Verzweiflung und Angst. Jetzt bricht es wieder an die Oberfläche. Ich sehe seinen verstümmelten Körper vor meinem geistigen Auge. Höre seine verzweifelten Schreie und spüre die Wucht des Rückschlags meiner Waffe.

Traurig sehe ich zu Freeman auf. Jener blickt zu mir zurück, als wüsste er genau, was Sache ist.

»Sie haben ihn gefunden ...« Ich nicke ihm zu und senke den Blick.

»Verdammt!«, schreit Preston auf und schmeißt wütend seinen Teller in die Ecke. Der Rest schweigt und schaut betroffen zu Boden. Plötzlich fängt Lankford an, zu schluchzen und bricht zusammen.

»Was hat er?«, frage ich Freeman besorgt. Jener sieht mich unbekümmert an.

»Ein schwerer Schock ... dieses Ding hat ihn fast zerfleischt. Hätten wir ihn nicht zufällig gefunden, säßen wir hier jetzt nur noch zu viert«, sagt er nüchtern.

Ich rücke näher an Lankford heran und lege meine Hand auf seinen Rücken. Oakland holt eine weitere Spritze aus seiner Tasche, diesmal mit einer bläulichen Flüssigkeit und injiziert sie in Lankfords Oberarm.

»Das dürfte ihm helfen. Sie und Preston helfen mir bitte, ihn auf die Liege zu tragen.«

Lankford erschlafft innerhalb weniger Sekunden und fällt in einen komatösen Zustand. Vorsichtig tragen wir ihn auf die Liege, dabei stütze ich seinen Kopf, der baumelnd zu Boden hängt.

»Was haben Sie ihm gegeben?«, frage ich schockiert.

»Ein sedierendes Psychotraumatikum zur kognitiven Restrukturierung. Kommt vom Militär und wird bei Psychosen aufgrund traumatischer Schockerlebnisse eingesetzt. Er braucht jetzt viel Schlaf, sein Gehirn arbeitet auf Höchstleistung, um das Geschehene zu verarbeiten.«

Freeman winkt mich zu sich. »Sie, Coleman, erzählen mir jetzt genau, was Ihnen passiert ist und was Sie bereits erfahren haben.«

Ich lege Lankfords Kopf sanft auf der Liege ab und setze mich wieder in die Runde. Ich erzähle ihm alles, an was ich mich erinnern kann und versuche kein Detail auszulassen: Wie ich mich verlaufen habe, von dem Gewässer mit dem seltsamen Wesen, wo ich Kendall gefunden habe, dem Parasiten, wie mich die Xexar gerettet haben und was sie mir über die Erschaffer sowie den Perx erzählt haben. Als ich fertig bin, sitzt Freeman nachdenklich in der Ecke und kaut auf einem Stück Trockenfleisch herum.

»Gute Arbeit, Coleman. Sie sind ja ein richtiger Diplomat ... es ist am sinnvollsten, wenn wir zuerst Kontakt mit Dr. Whitman aufnehmen und danach den Schlüssel beschaffen. Sie fragen morgen, wann die inaktive Phase dieses Sturms ist, danach entscheiden wir, ob es sich lohnt, das Funksignal loszuschicken, oder ob wir zuerst den Schlüssel suchen. Aber jetzt wollen wir uns alle erst mal aufs Ohr legen, morgen wird ein anstrengender Tag«, sagt er und legt sich ohne ein weiteres Wort zu verschwenden auf seine Liege.

Am nächsten Morgen wache ich als Erster auf, die anderen liegen noch wie bewusstlos auf ihren Liegen und schnarchen lautstark vor sich hin. Grigax steht vor meinem Bett und sieht mich schweigend an. Ich erschrecke, als ich ihn sehe und flüstere ihm zu.

»Verdammt, Grigax ... was machst du hier?«

»Folgt mir, Mensch«, sagt er und verschwindet im Durchgang. Ich schaue ihm verwundert hinterher ...

»Grigax? Was ist los?«

Zügig raffe ich mich auf, lege mein Oberteil an und folge ihm in den Hauptteil, wo mich bereits Primox und Tergex erwarten. Ich sehe die drei gespannt an und nicke ihnen grüßend zu.

»Was gibt es?«, frage ich neugierig.

Tergex bittet mich an den Tisch. »Da ist etwas, über das wir mit euch reden müssen.«

Ich setze mich.

»Und das wäre?«

»Wir spüren ein Negativ-Ereignis in unserer gemeinsamen Zukunft. Es wird etwas Schreckliches passieren und nur ihr werdet in der Lage sein, dies zu verhindern.« Ich blicke die drei mit verquollenen Augen an.

»Was? Wie meint ihr das? Was wird passieren?«

Primox antwortet mir. »Es ist uns nicht erlaubt, die Zukunft zu offenbaren, es gibt jedoch ein Schlüsselereignis, auf das wir über euch Einfluss nehmen dürfen.«

»Was für ein Schlüsselereignis? ... Wovon redet ihr?«

»Sorge dafür, dass ihr euren DNA-Schlüssel nicht bekommt«, erwidert Grigax. Ich reiße die Augen weit auf und schaue ihn entsetzt an.

»Wieso? Deswegen sind wir doch hier!«, sage ich energisch.

»Mehr dürfen wir euch leider nicht sagen.«

Primox ergreift wieder das Wort. »Sorgt dafür, dass euer Captain den Schlüssel nicht zur Erde schickt.« Wortlos sehe ich ihn an. »Geht wieder zu euren Leuten, sie werden jeden Moment aufwachen.«

Ich gehe verwirrt zurück in die Hütte und lege mich wieder auf die Liege. Meine Beine fühlen sich noch immer wie Beton an. Habe ich das gerade alles nur geträumt? Wenige Minuten später wacht meine Crew auf, als hätte ein Wecker sie gemeinsam aus dem Schlaf gerissen. Freeman sieht mich verstört an.

»Wieso haben Sie Ihren Anzug schon an?«

Ich blicke an mir runter und erschrecke.

»Mir war kalt, da habe ich ihn angezogen, um mich zu wärmen«, stammle ich.

»Nun gut, die Morgenroutine, dann die Ausrüstung vorbereiten und Sie reden in der Zwischenzeit mit den Xexar, Coleman.«

»Das habe ich bereits«, sage ich, ohne nachzudenken.

»Wie? Wann war das denn?«, fragt er verwundert. Ich fange leicht an zu schwitzen. »Ich war schon etwas früher wach und habe mich bereits um die Details gekümmert.«

»Na dann, und?«

»Und ... und was?«, antworte ich.

»Wann brechen wir auf?«, fragt er energisch. Verdammt, daran hatte ich gar nicht mehr gedacht.

»Ähm ... ja ... das habe ich noch nicht so ... also das kam noch nicht so richtig heraus, irgendwie.«

Freeman sieht mich ungeduldig an. »Konzentrieren Sie sich, Coleman, wir sind hier nicht auf einer billigen Wanderung in den Rockies, hier geht's um Leben oder Tod. Ist Ihnen das klar?«

Ich nicke. »Ich werde gleich nochmal mit ihnen reden.«

»Okay. Dr. Oakland, Sie kümmern sich um Lankford, kurz vor Aufbruch muss er wieder fit sein.«

Ich beuge mich zu Lankford hinunter. Der arme Kerl schläft noch tief und fest. Als ich näher komme, sehe ich, dass sich seine Augen unter den Lidern schnell auf- und abbewegen. Oakland kommt jetzt ebenfalls zu der Liege.

»Das ist eine erweiterte REM-Phase«, sagt er. »In dieser Schlafphase verarbeitet unser Gehirn Information und Gefühle. Durch das Medikament haben wir sie künstlich verlängert und intensiviert. Er dürfte in ein paar Stunden jedoch wieder fit sein. Aber jetzt müssen wir ihn unbedingt in Ruhe lassen, eine Unterbrechung könnte Schäden verursachen.«

Er zieht mich von ihm weg. Während die anderen ihre Ausrüstung zusammenpacken, suche ich die Xexar auf, um mit ihnen die Details der Expedition zu besprechen. Als ich den Hauptraum betrete, entdecke ich jedoch keine Spur von ihnen. Ich beschließe, draußen nach ihnen zu suchen und finde mich im dichten Wald wieder. Ich kann niemanden sehen. Als ich mich umdrehe, um wieder in die Höhle zurückzugehen, steht plötzlich Grigax vor mir. Erschrocken springe ich zur Seite.

»Verdammt! Willst du mich umbringen?«, rufe ich kreidebleich.

»Solche Absichten liegen uns fern.«

»Hör auf, mich ständig zu erschrecken!«, gebe ich energisch von mir.

»Wir sollen euch zu unserem Schiff bringen, dort könnt ihr eure Fragen stellen.«

»Woher weißt du, dass ich euch etwas fragen will?«

»Kommt jetzt«, antwortet er und geht mit großen Schritten voraus.

Ich folge ihm tief in den dunklen Wald hinein. Er durchquert die fremdartige Umwelt so selbstverständlich wie ein Börsenmakler die Straßen von New York. Um keine bösen Überraschungen zu erleben, halte ich mich dicht hinter Grigax, dessen leichten, weit ausgreifenden Schritten ich nur schwer folgen kann.

Nach einem längeren Fußmarsch stehen wir auf einer großen, kreisrunden Lichtung, die zu akkurat wirkt, um natürlich entstanden zu sein. Vor uns steht ein großes Raumschiff. Grigax läuft auf Primox und Tergex zu. Ich folge ihm und schaue gebannt auf das fremdartige Schiff.

»Ich soll fragen ...«, sage ich, ohne den Blick von dem Schiff abwenden zu können.

Primox antwortet mir, bevor ich meinen Satz beenden kann. »Auf dem Weg zum Crix kommen wir an einem Ausgang vorbei, von wo aus ihr das Signal losschicken könnt. Wir brechen auf, wann immer ihr bereit seid.«

Ich sehe ihn verwundert an. »Ähm, ja ... gut. Seid ihr mit diesem Ding hierher gekommen?«

»Nein, das ist lediglich ein Kundschafter. Unser Hauptschiff umkreist noch immer diesen Perx und wartet auf unsere Rückreise.«

»Wie seid ihr damit hier unter die Erde gekommen?«, frage ich.

»Durch die Hauptschleuse.«

»Oh, achso, so etwas gibt es auch?«

Bevor ich weitere Fragen stellen kann, fällt mir Captain Freeman wieder ein. Mittlerweile dürften sie längst fertig sein und auf mich warten. Ich verabschiede mich von den anderen und laufe zusammen mit Grigax zurück zur Höhle.

Kapitel 7 - Expedition

Als ich mit Grigax ankomme, steht meine Crew abmarschbereit im Hauptraum. Der Captain spricht mich sofort an.

»Da sind Sie ja endlich! Haben Sie alles geregelt?«

»Ja, wir können jederzeit aufbrechen ...«

»Wunderbar. Jetzt wäre doch jederzeit«, bemerkt er und drängt sich zwischen Oakland und Preston nach vorne. »Sagen Sie Bescheid, dass es losgehen kann.«

Ich gebe Grigax ein kurzes Zeichen zum Aufbruch. Der nickt mir zu, wenn man das als Nicken bezeichnen darf.

Oakland sieht Grigax verwundert an. »Nimmt er gar keine Ausrüstung mit?«

Preston lacht höhnisch. »Wie die Wilden ...«

Wir greifen unsere Sachen und folgen Grigax, der bereits durch den Ausgang verschwunden ist. Mein Blick fällt nach hinten zu Prof. Lankford, der noch etwas konsterniert seinen Nanotex-Rucksack auf den Rücken schnallt. Er scheint wieder psychisch stabil zu sein, das Serum hat gute Arbeit geleistet. Kaum zu fassen, dass es selbst für so etwas bereits das richtige Medikament gibt. Ich lasse mich nach hinten fallen, um ein paar Worte mit ihm zu wechseln.

»Hey ... Ryan ... wie fühlst du dich?«, frage ich vorsichtig. Er sieht mich etwas betreten an.

»Ga ... ganz gut soweit ... denke ich. Der Angriff hat mir schlimm zu schaffen gemacht, ich dachte wirklich, ich müsste sterben ... das hat mir den Rest gegeben.«

»Ja, kann ich mir vorstellen. Wir haben alle Sachen gesehen oder erlebt, die nicht hätten passieren dürfen.«

Ich lege meine Hand auf seine Schulter und klopfe ihm auf den Rücken.

Wir laufen in einer militärischen Erkundungsformation. Captain Freeman vorne an der Spitze, Preston und Oakland jeweils rechts und links neben ihm, Lankford und ich bilden die Nachhut mit dem Hauptaugenmerk auf den Bereich, der hinter uns liegt. Grigax läuft zielstrebig voraus, ohne sich ein einziges Mal umzudrehen. Ich habe ehrlich gesagt keine Ahnung, wohin wir laufen. Für mich sieht alles gleich aus in diesem Wald und Orientierung war noch nie meine Stärke. Ich könnte auch drei Stunden nur im Kreis laufen und würde trotzdem denken, ich käme voran.

Die Vegetation wird so dicht, dass Freeman anfängt, die Pflanzen mit einer Machete abzuschlagen. Mit geschickten und wuchtigen Bewegungen durchtrennt er die langen Halme und Stiele, die klatschend zu Boden fallen und dessen Leuchten erlischt. Grigax scheint die beengende Flora nicht im Geringsten zu stören, problemlos windet er sich durch das Gestrüpp und hält uns mit seiner Geschwindigkeit ganz schön auf Trab.

Als ich seitlich in die Ferne blicke, fällt mir eine seltsam aussehende Wand auf. Nach einer Weile erkenne ich eine Art Gebäude. Ich mache Lankford darauf aufmerksam, der innehält, um sich das näher anzusehen.

»Haltet mal an, wir haben etwas gefunden!«, ruft er nach vorne.

Die anderen drehen sich um, während Lankford bereits mit großen Schritten auf das Gebäude zugeht.

Freeman kommt angelaufen. »Was ist das?«

Grigax, der unser Stoppen bemerkt hat, kommt jetzt ebenfalls auf uns zu.

»Fragen Sie unseren Freund, was es damit auf sich hat, Coleman.« Ich komme seiner Aufforderung nach: »Er sagt, es seien alte Tempel der Anglaten.«

»Der was?«, fragt Preston laut.

»Der Prätos. Als die Prätolisianer hier noch lebten, nutzen sie diese Tempel, um zu ihrer Quelle zu beten«, antworte ich.

Dr. Oakland ergreift das Wort. »Moment mal ... was?! Die Prätolisianer waren religiös? Und was meint er mit Quelle?«

Ich übersetze weiter: »Unser Begriff Urknall trifft am ehesten auf die Bezeichnung Quelle zu. Eine Energie, die Materie, Leben und Raum schuf. Die Energie, die direkt die Prätos und letztlich auch uns erschaffen hat. Sie nennen es das Zern, übersetzt heißt es: »Mitte und Anfang«. Das Zern dehnt sich zyklisch aus und zieht sich dann wieder zusammen. Ich vermute, dass Grigax damit die Ausdehnung und das Zusammenziehen des Universums meint. In jedem Zyklus existiert eine primäre Spezies wie die Anglaten, dessen Aufgabe es ist, Leben im ganzen Kosmos zu verteilen ... Ein Zyklus dauere so lange an, dass wir die Zeit mit unserem Verstand nicht erfassen könnten. Und doch laufen diese Zyklen schon ewig.«

Dr. Oakland nickt begeistert. »Das ist absolut unfassbar, ich habe es immer gewusst! Sie haben mich alle belächelt, als ich von einer zyklischen Expansion und Kontraktion erzählt habe, aber ich wusste, dass dies die einzige logische Erklärung ist.«

»Wir müssen die Ruinen erkunden«, gibt Prof. Lankford von sich.

Freeman schüttelt den Kopf. »Nichts da, wir sind nicht hier, um im Staub zu wühlen. Unser primäres Ziel ist vorerst das Abschicken des Funksignals. Wir gehen weiter«, sagt er und macht sich wieder daran, den Weg freizuschlagen.

Die beiden Wissenschaftler können sich nur schwer von der Fundstelle losreißen. In Lankfords enttäuschtem Gesichtsausdruck erkenne ich, wie gerne er diese Ruine bis auf den kleinsten Millimeter erkundet hätte.

Der Weg wird immer beschwerlicher, wir treffen vermehrt auf am Boden rankende Pflanzen mit langen Fangarmen und winzigen Widerhaken. Zu klein, um uns gefährlich zu werden, jedoch groß genug, um sich an unserem Anzug festzuhaken und uns fies zum Stolpern zu bringen. Wenn dich eine Pflanze erwischt, wickelt sie sich schnell um dein Bein, sodass man sie beim Weiterlaufen fast aus dem Boden reißt. Preston ist von diesen Bodenranken am meisten genervt und flucht jedes Mal laut, wenn er stolpernd zu Boden geht. Irgendwie scheint sein wütendes Stampfen die Pflanzen zu stimulieren, denn sie konzentrieren sich hauptsächlich auf ihn. Ich kugel mich innerlich vor Lachen. Es sieht aus wie eine Charlie-Chaplin-Folge auf dem Mars. Wie er mit den Armen fuchtelt, den Pflanzen mit der Faust droht und jedes Mal plumpsend zu Boden geht, gefolgt von einem: »Ihr Scheiß Mistdinger, ich mach euch alle! Hört ihr!« Oder: »Scheiß Alien-Gemüse!« Bis Freeman, genervt von Prestons unfreiwilliger Showeinlage, das Wort ergreift.

»Mensch nochmal, reißen Sie sich zusammen, Preston! Wie sieht denn das aus vor unserem Begleiter«, sagt er und zeigt auf Grigax, der extra wegen Preston angehalten ist, um sich das Schauspiel anzusehen.

Preston sieht sich um und bemerkt sein schweigendes Publikum, das grinsend um ihn herumsteht.

»Was glotzt ihr so!«, schreit er in die Runde. Grigax wendet seinen Blick irritiert ab und läuft weiter.

»Wie ein Affe ...«, murmelt Lankford leise vor sich hin ...

Mit der Zeit fangen meine Füße an zu schmerzen. Laut meiner Uhr sind wir bereits über drei Stunden auf den Beinen und dabei muss ich seit einer gefühlten Ewigkeit einmal austreten.

Als ich es nicht mehr aushalte, begebe ich mich ins Gestrüpp vor mir. Beim Erleichtern höre ich, wie Lankford mir etwas zuruft. Schamvoll drehe ich ihm den Rücken zu.

»John ... deine Füße ... Pass auf deine Füße auf!«, ruft er mir entgegen.

Ich blicke auf meine Füße, die gerade dabei sind, im Sand zu verschwinden. Erschrocken zerre ich mit aller Gewalt an meinen Beinen, was jedoch ein noch schnelleres Absacken bewirkt. Panisch sehe ich zu Lankford, der jetzt zu mir gerannt kommt.

»Verdammt, tu doch was!«, schreie ich.

Lankford zieht so stark an meinen Armen, dass sein Kopf sich rot verfärbt.

»Leute, helft mir, schnell!«, ruft er den anderen zu. Bevor jemand zur Hilfe eilen kann, gleite ich aus Lankfords Händen. Mit einem Rutsch bin ich komplett versunken. Dumpf höre ich, wie er weiter nach Hilfe schreit und anfängt zu graben. Ohne zu wissen, wie mir geschieht, rutsche ich in ein sandiges Grab, das wie Betonplatten auf meinen Brustkorb drückt.

Alles verläuft rasend schnell. Die Konsistenz des Sandes wird mit jedem Meter lockerer und mein Tempo immer höher. Wie zwischen mahlenden Zahnrädern werde ich sogartig in die Tiefe gezogen. Als ich glaube, das Bewusstsein zu verlieren, rutsche ich mit einem Mal ins Freie. Ausgespuckt wie aus dem Maul eines Ungeheuers ringe ich hustend um Luft. Der aufgewühlte Sandstaub frisst sich brennend in meine Lunge. Ich krieche nach vorne und versuche, die Staubwolke hinter mir zu lassen.

Als die Luft wieder klarer wird, lehne ich mich schwer atmend an die Wand. Was zum Teufel, war das? Nach einer längeren Atempause beginne ich, mich langsam umzusehen. Es ist ziemlich düster hier, lediglich leicht fluoreszierende Wurzeln erzeugen ein schwaches Licht. Ich schaue nach oben. Die Kammer, in der ich mich befinde, ist gerade mal anderthalb Meter hoch und breit. Es scheint eine Art unterirdische Belüftungsröhre zu sein.

Während ich mich umsehe, vernehme ich hohe Klicklaute. Gebannt verharre ich und lausche in die Dunkelheit. Ich sehe etwas auf mich zukommen. Angestrengt blicke ich in die dunkle Röhre und bemerke helle Punkte, die sich in meine Richtung bewegen. Ich erkenne mehrere fluoreszierende Wesen, die sich nähern. Sie sehen aus wie eine vergrößerte Version unserer Tausendfüßler, nur mit längeren Beinen und zangenartigen Kiefern. Ich taste erschrocken nach meiner Waffe, doch ich kann sie nirgends finden. Die Wesen geben hohe Laute von sich und fangen an zu pulsieren. Hals über Kopf flüchte ich zu dem Sandhaufen zurück, aus dem ich gekrochen bin und wühle nach meiner Waffe. Hinter mir höre ich, wie die Krabbeltiere immer näher kommen. Da merke ich, dass mich etwas schmerzhaft in mein rechtes Bein beißt. Ich schreie auf und drehe mich um. Die Viecher kommen an Boden und Decke angriffslustig auf mich zu. Panisch robbe ich rückwärts an den Sandhaufen heran, als ich etwas Hartes im Sand spüre. Meine Waffe! Ohne nachzudenken ziehe ich die Pistole aus dem Dreck und feure in Richtung Bedrohung. Mit ohrenbetäubendem Lärm zerfetzen die Geschosse alles, was sich ihnen in den Weg stellt.

Als der Rauch sich legt, sehe ich nur noch matschige Überreste. Geschockt stecke ich die erhitzte Waffe zurück in mein Halfter. Mein erster Gedanke ist: Raus hier! So schnell wie möglich raus hier!

Ich schüttle mir den Staub aus den Haaren und arbeite mich in Richtung des Tunnels vor. Der Sand rieselt mir auf den Kopf und ständig fallen mir dicke Erdklumpen auf den Rücken. Doch das stört mich nicht. Ich will hier einfach nur noch weg ...

Mit der Zeit wird der Abstand zur Decke immer größer und ich kann wieder normal stehen. Auch die Vegetation verändert sich. Neben den vielen kleinen Wurzeln sehe ich nun auch flechtenartige Gewächse sowie trichterförmige Pilze mit spitzzackigem Rand. Die Komposition dieser verschiedenfarbigen Leuchtgewächse erhellt den Weg und ermöglicht mir eine bessere Sicht.

Die Höhle ist nass. Ständig tropft mir kaltes Wasser auf den Kopf und kriecht mir den Nacken hinunter. Es gibt wohl kaum einen ungemütlicheren Ort auf diesem Mond. Der trockene Staub von zuvor hat sich in schweren, schmierigen Schlamm verwandelt, der wie Kleister an mir klebt. Ich versuche mit aller Mühe, meine Waffe von dem Dreck zu befreien, der sich hartnäckig in jede Fuge legt. Die Munitionsanzeige blinkt und signalisiert mir einen niedrigen Patronenstand. Ich muss sparsam mit meinen Schüssen umgehen. Dieses kleine Stück Hightech ist meine einzige Überlebenschance.

Ich fange an, ein leises Rauschen zu vernehmen, das wie ein unterirdischer Fluss klingt. Als das Geräusch lauter wird, bestätigt sich meine Vermutung - hier fließt irgendwo Wasser.

Ich folge dem Rauschen durch lange, enge Gänge, bis ich vor einem reißenden Fluss stehe. Fragend sehe ich mich um, doch der Weg endet im Wasser. Der Fluss ist so laut, dass selbst ein Blasorchester ungehört bliebe. Die einzige Chance wäre flussabwärts zu schwimmen. Prüfend blicke ich in das pechschwarze Wasser. »Da kriegen mich keine zehn Pferde rein!«, sage ich zu mir selbst und schaue zurück in den Tunnel, aus dem ich gekommen bin. Ich habe drei Möglichkeiten: Schwimmen, hier warten und sterben oder zurück in den Ungezieferbau. Option zwei dauert zu lange und Option drei ziehe ich nicht in Betracht. Bleibt nur noch Option eins ...

Ich bewege mich langsam auf das reißende Wasser zu. Mein Nanosuite sollte den Belastungen mühelos standhalten können, nicht einmal das Insektenwesen ist durch das Kohlefasergeflecht gekommen. Die Frage ist nur, ob ich dann noch ganz bin oder ein Haufen Matsch in einem unversehrten zwei Millionen Dollar Anzug. Es hilft alles nichts, ich muss es wagen.

Unentschlossen bewege ich mich auf den Fluss zu. Ein kurzer Moment der Überwindung und ich bin im eiskalten Wasser. Bevor ich mich in eine stabile Lage bringen kann, werde ich von den gewaltigen Wassermassen fort gerissen. Wie eine weggeworfene Plastikflasche schleudere ich durch die Fluten. Jeglicher Versuch, sich festzuhalten oder aufzurichten, scheitert kläglich. Meine größte Sorge ist das viele geschluckte Wasser schnell genug wieder loszuwerden.

Mit einem Mal schlägt mich etwas Hartes am Rücken und ich verzerre schmerzhaft das Gesicht. Der Untergrund wird flacher und ich stoße auf die kantigen Felsen unter mir. Immer wieder pralle ich ab und werde wie ein Gummiball an die Oberfläche geschleudert. Gerade als ich mich den Strapazen ergeben will und alle Hoffnung fallen lasse, wird das Wasser schlagartig seicht. Es zischt durch die zurückliegende Verwirbelung wie eine riesige Badewanne voll Mineralwasser. Instinktiv drehe ich mich auf den Rücken und atme tief ein. Ohne Eigenwillen und ohne jegliche Bewegung treibe ich vor mich hin. Das Tosen der Strömung wird immer leiser, bis es völlig verstummt. Alles hüllt sich in Stille ...

Ein wunderschönes, blaues Licht schimmert mir von unten entgegen. Auf dem Rücken liegend verfolge ich die spielerischen Reflexionen an der Decke. Plötzlich strande ich mit einem schleifenden Geräusch auf einer Sandbank. Benommen taste ich nach dem Grund, greife eine Handvoll Sand und richte mich langsam auf. Ich sehe mich um ...

Irgendwie scheint das Licht immer näherzukommen. Reflexartig lege ich die Hand an mein Halfter. Doch was sehen meine Augen da? Aus dem Wasser steigt mein kleiner Freund, den ich zuvor an dem schmalen Bach kennengelernt habe. Er kommt freudig auf mich zugerannt, wackelt mit dem Schwanz und drückt seinen kleinen feuchten Kopf an mein Bein. Erleichtert fange ich an, zu schluchzen. Ich knie mich hin und streichle ihn hinter seinem rechten Ohr, so wie er es gerne hat. Seine pulsierend freudige Erregung wirft Schatten an die Höhlendecke. In meinem ganzen Leben war ich noch nie so froh, jemanden zu sehen. Gerade als ich dachte, in diesen feuchten Katakomben elendig zugrunde zu gehen und von allerlei unansehnlichem Getier aufgefressen zu werden, kommt ein kleiner Lichtblick daher. Der Kleine fängt vor Entspannung an zu glucksen und lässt mich gelöst auflachen.

»Na du, wo sind wir hier?«, sage ich und kraule ihn wie einen Hund, der freudig auf sein Herrchen gewartet hat. »Irgendwo musst du doch auch hergekommen sein ...« Ich sehe mich um und entdecke einen schmalen Sandweg, der am Wasser entlang führt. »Tut mir leid, Süßer, aber ich muss weiter«, sage ich und richte mich wieder auf. »Los, husch ... zurück ins Wasser.«

Mit einem lauten Platschen verschwindet mein Freund wieder und lässt mich im Dunkeln stehen. Ich greife nach meiner Pistole und aktiviere die Taschenlampe unter dem Lauf. Der spärliche Lichtkegel sollte ausreichen, um mich trittsicher fortzubewegen. Der Sand ist pechschwarz und glitzert auffallend im Schein der Lampe. Ich beuge mich hinab, um mir das aus nächster Nähe anzusehen. »Diamanten?«, murmele ich fragend vor mich hin. Fasziniert halte ich einen der kleinen Steine nach oben und leuchte ihn von unten her aus. »Unglaublich, da landet man am Arsch der Welt und findet auch noch unbezahlbare Schätze ...«, konstatiere ich laut und stecke ein paar Steine in die leere Magazintasche meines Anzugs.

Der lockere Boden unter meinen Füßen rutscht mit jedem Schritt in Richtung Wasser ab. Plätschernd hallt es von der Decke. Mit der Zeit bemerke ich, wie mich etwas aus den Tiefen verfolgt. Es wirbelt große Mengen Wasser auf und ich hätte schwören können, etwas Grelles aufblitzen zu sehen. Ich vermute, dass Licht allgemein eine anziehende Wirkung auf die Lebewesen dieses Mondes hat, aber deswegen meine Lampe auszuschalten und völlig im Dunkeln zu tappen, kommt überhaupt nicht infrage.

Ohne darüber nachzudenken, leuchte ich in die Untiefen neben mir. Unter Wasser blitzt ein großer heller Streifen auf, der wie eine Antwort auf mein Licht aussieht. Neugierig morse ich eine willkürliche Sequenz in Richtung Verwirbelung. Das Wesen blinkt in demselben Muster zurück. Ich wiederhole meine Signale. Das Wesen wirft meine Abfolge zurück und hängt eine eigene mit dran. Abgelenkt merke ich nicht, wie der Weg langsam endet und ich vor einem hohen Felsvorsprung stehe.

Ich leuchte zu dem Hindernis hinauf. Da hoch klettern? Misstrauisch halte ich die Lampe auf den möglichen Kletterweg. Machbar wäre es durchaus, außerdem, welche Wahl bleibt mir?

Ohne mich mit weiteren Entscheidungsfragen zu quälen, fange ich an zu klettern. Die Wände sind glitschig und ich muss mich bei jedem Schritt konzentrieren. Immer wieder rutsche ich ab oder schneide mich an den scharfkantigen Felsen. Ein falscher Griff und ich bin Fischfutter. Fluchend und mit zitternden Muskeln ziehe ich mich das letzte Stück des Felsvorsprungs nach oben.

Völlig außer Atem liege ich mit dem Rücken auf dem harten Fels. Ein kurzer Blick nach unten lässt mich ängstlich zurückschrecken. Es ist ein wahres Wunder, dass ich ohne ausreichendes Licht und Kletterausrüstung eine solche Höhe überwinden konnte. Mein Brustkorb schmerzt von den heftigen Atemkontraktionen und ich schmecke Eisen auf der Zunge. So außer Atem war ich zuletzt beim Fitnesstest in meiner Schulzeit.

Erschöpft erhebe ich mich und leuchte die neue Umgebung aus. Vor mir liegt ein länglicher Durch-gang in eine andere Kammer. Ein kalter Luftstoß weht mir pfeifend entgegen und kühlt meine erhitzten Wangen. Der Boden ist mit einer Art Schleim oder Alge überzogen, die mir eine aufrechte Fortbewegung erheblich erschwert. Schrittweise taste ich mich den Gang entlang und halte mich dabei krampfhaft an den Wänden fest. Immer wieder rutsche ich weg und muss die unmöglichsten Verrenkungen machen, um mich auf den Beinen zu halten.

Als ich ein gutes Stück zurückgelegt habe, wird der Boden wieder trocken unter meinen Füßen. Vor mir sehe ich einen Durchgang, aus dem ein schwaches, orangefarbenes Licht kommt. Es scheint eine Art Durchbruch in eine künstlich angelegte Kammer zu sein. Ich schiebe bearbeitete Felsbrocken beiseite und krieche mühsam durch die kleine Öffnung.

Was mich am anderen Ende erwartet, verschlägt mir den Atem. So etwas habe ich in meinem ganzen Leben noch nicht gesehen. Ich stehe in einem riesigen unterirdischen Raum, dessen Wände von breiten, kryptischen Lichtlinien durchzogen sind. In der Mitte steht ein großer Kubus, der von dem Licht der Wände angestrahlt wird. Ich habe ihn gefunden! Unglaublich ... Genauso hatte ich ihn mir vorgestellt.

Gebannt starre ich auf den Würfel vor mir. Ohne den Blick abzuwenden, knipse ich die Taschenlampe meiner Pistole aus. Das Leuchten der Wände scheint mir hell entgegen und taucht mich in ein warmes Orange. Mein Ziel ist klar, ich muss in den

Kubus, es ist meine Bestimmung. Das alles kann kein Zufall sein.

Kapitel 8 - Der Kubus

Vorsichtig betrete ich den spiegelnden Boden vor mir. Was diese Linien wohl bedeuten? Es ist absolut still, lediglich meine Schritte werden von den glasglatten Oberflächen zurückgeworfen. Der haushohe Kubus wirkt wie aus einem Stück gefertigt. Er ist perfekt. Ehrfürchtig stelle ich mich vor das unglaubliche Gebilde. Ich habe es geschafft! Ich ganz alleine habe ihn gefunden. Ein Lächeln blitzt über mein Gesicht. Dieser Fund ist die Bestätigung, die ich für diese Mission brauche.

Ich fange an, die Oberfläche abzusuchen, doch nirgendwo kann ich eine Öffnung oder gar einen Eingang entdecken. Suchend laufe ich um das Objekt herum. Die Außenseite ist so glatt wie polierter Marmor. Ich fahre mit einer Hand darüber - fühlt sich warm an. Als ich mit der Hand an eine bestimmte Stelle komme, leuchtet auf einmal ein Fünfeck auf. Ich weiß genau, was das heißt. Ohne nachzudenken drücke ich auf die leuchtende Stelle.

Der Kubus reagiert ... Es zeichnen sich helle rechteckige Linien vor mir ab. Sie verblassen wieder und ein Eingang tut sich auf. Weißes Licht strömt mir entgegen und blendet meine an die Dunkelheit gewöhnten Augen. Gebannt starre ich in den offenen Kubus.

Es sieht aus, als wäre der gesamte Würfel mit Wasser gefüllt, jedoch fließt es mir nicht flutartig entgegen, sondern bleibt in dem Raum gefangen. Lichtreflexionen tänzeln in Zeitlupe auf meinem Gesicht. Vorsichtig strecke ich eine Hand in die bizarre Flüssigkeit. Ich spüre einen leichten Widerstand, aber kein Nass. Es fühlt sich an wie ein Gas, nur dichter und träger.

Neugierig lehne ich mich immer weiter vor, bis ich den Raum letztendlich betrete. Die Tür schließt sich augenblicklich. Hier bin ich nun, mein Ziel ist erreicht. In der Mitte entdecke ich einen weiteren handgroßen Würfel. Zaghaft bewege ich mich darauf zu. Mein Herz rast vor Aufregung. Er sieht aus wie einer dieser Rubiks Würfel, nur ohne farbliche Markierungen. Ich ziehe meinen Handschuh aus und fasse ihn an.

Als ich ihn berühre, fängt er auf einmal an sich zu drehen. Die Felder verschieben sich in alle möglichen Richtungen, so schnell, dass ich den Bewegungen kaum folgen kann. Er dreht sich um jede Achse und durchläuft die verschiedensten Kombinationen, bis er auf einmal anhält. Aus heiterem Himmel gibt er einen hohen Pfeifton, gepaart mit einem gleißend hellen Licht, von sich. So laut, dass ich mir die Hände auf die Ohren presse und schreiend zu Boden gehe. Die Umgebung fängt an, sich zu verzerren wie ein verflüssigtes Spiegelbild ... Plötzlich bricht der Ton ab.

»Hey, mein Großer, steh auf ... du musst dich nicht verstecken«, höre ich eine vertraute Stimme sagen.

Ich knie mit zugehaltenen Ohren am Boden, als mich jemand behutsam am Arm packt. Ich schrecke auf.

»Dad?«, frage ich unsicher und öffne langsam die Augen. Blinzelnd nehme ich wahr, was für mich unvorstellbar ist. Ich befinde mich in unserem alten Wohnzimmer, in der Arce Street 10. Ein Haus, das seit über 21 Jahren nicht mehr existiert. Es wurde abgerissen, um Platz für eines dieser gigantischen Einkaufszentren zu schaffen. »Wie ... wie kann das sein? Das ist unmöglich!«, stelle ich verunsichert fest. Hektisch sehe ich mich um. Es ist alles genau so, wie ich es in Erinnerung habe. Ich entdecke sogar Dinge, an die ich mich erst jetzt wieder erinnere. An der Wand hängt diese hässliche schwarze Uhr ohne Ziffern, deren Ticken mich früher immer verrückt gemacht hat. In der Luft riecht es nach dem Parkettpflegemittel meiner Mutter. Im Kaminofen brennt wie gewohnt ein Feuer und vor dem Ofen liegt etwas schwarze Kohle, die beim Nachlegen aus der Öffnung gefallen ist. Es ist alles stimmig bis in das kleinste Detail. Vor mir steht mein Vater, so wie ich ihn nicht mehr in Erinnerung hatte. Keine vor Krankheit aufgeplatzten, blutigen Stellen auf der Haut, keine blutunterlaufenen Augen oder ausgefallenen

Haare. Er sieht gesund aus, so wie ich ihn aus guten Zeiten kenne, so wie ich ihn gerne im Gedächtnis behalten hätte. Er umfasst kräftig meinen Arm und zieht mich nach oben. Sprachlos lasse ich ihn gewähren. »Da ...das ist unmöglich, wie ... wie ... ich meine, du bist tot ...«

»Das ist richtig, John, dein Vater ist bereits vor vielen Jahren gestorben«, erklärt er mit ruhiger Stimme und streichelt mir den Kopf. Entsetzt ziehe ich meinen Arm wieder weg.

»Wer bist du?«

»Ich bin eine Wissensprojektion, die zurückgelassen wurde, um mit euch zu kommunizieren.«

»Wie ... ich verstehe nicht ganz ...«

»Um eine universelle Kompatibilität zu gewährleisten, projiziere ich mich direkt in deinen Verstand, wo ich ein deiner Persönlichkeit kompatibles und vertrautes Kommunikationsszenario wähle.«

»Aber ... es ist alles so echt ...«, stelle ich fest und berühre meine Umgebung.

»Dennoch eine Projektion. Der einzige Unterschied zur Realität ist, dass du weißt, dass dies eine Projektion ist«, sagt er und öffnet die Haustür. »Ich möchte dir etwas zeigen, John, gehen wir ein Stück.«

Die Person, die wie mein Vater aussieht, steht wartend im Türrahmen. Misstrauisch bewege ich mich auf sie zu.

»Das ist unfassbar, ich erinnere mich wieder an alles«, sage ich. »An jeden Geruch, jedes Detail und jedes Geräusch. Ich weiß zum Beispiel, wie das Gartentor gleich quietschen wird, wenn wir es aufmachen und welche Kraft ich aufwenden muss, um es zu bewegen. Ich erinnere mich, welchen Duft die Sträucher um diese Jahreszeit verbreiten und wie es sich anhört, wenn der Wind durch ihre Blätter streicht.«

»Euer Gehirn kann weitaus mehr Informationen aufnehmen, als ihr denkt. Nur weil du sie nicht abrufen kannst, heißt das nicht, dass sie nicht existieren. In euch Menschen steckt ein so großes Potenzial und doch nutzt ihr es nicht.«

Die Worte sind mir nicht fremd, dennoch fällt es mir schwer, mich auf meinen Begleiter zu konzentrieren, ich bin viel zu sehr von meiner Vergangenheit fasziniert.

Wir laufen in Richtung Park, es ist Sommer. Die Luft ist erfüllt vom Zwitschern der Vögel und dem Duft der Pflanzenwelt. Am anderen Ende werden gerade die Grünflächen gemäht und es riecht nach geschnittenem Gras. Wie ich diesen Geruch vermisst habe. Der Himmel strahlt so blau, dass selbst Maler neidisch auf diese Farbe geworden wären.

Ich bin daheim. Zu der Zeit, als die Welt noch in Ordnung war. Eine Last fällt von meinen Schultern, eine unglaublich schwere Last, die sich dort über die Jahre angesammelt hat. Ich bin wieder der kleine Junge, der wild spielend durch die Gegend zog und so manch tollen Sommer erlebte. Der Junge, der sich beim Fahrradfahren die Knie aufschürfte und Eis von seiner Mutter auf die Prellungen gelegt bekam.

»Johnny, ... bist du noch bei mir?«, fragt er mich und fasst mir an die Schulter. Ich schrecke aus meinen Erinnerungen auf. »Warum? Warum bin ich hier? Warum bin ich auf diesem Mond, in dieser Höhle und in diesem Kubus? Warum ich?«

»Du bist lediglich der Wert in einer Gleichung, dessen Existenz von wichtiger Bedeutung für das Gleichgewicht ist. Das warst du schon immer und wirst es auch immer sein, es gehört zu dir, wie deine Haarfarbe, die Form deiner Nase oder die vielen Fragen in deinem Kopf. Es kennzeichnet dich und macht dich aus.«

»Seid ihr Götter?«

Die Frage ist mir peinlich, als ich sie ausspreche und doch ist sie mir wichtig.

»Wenn eure Definition von Gott sich lediglich auf das Erschaffen bezieht, dann wären wir der Bezeichnung nach Götter für euch. Wenn es jedoch den Faktor allwissend, schon immer existent und Ursprung von allem beinhaltet, dann sind wir keine Götter, sondern einfach eine Spezies, die vor euch da war und in der Lage ist, Leben zu erschaffen.«

Ich fasse mir nachdenklich an mein Kinn. »Und was oder wo ist sie dann, die Quelle, der Ursprung?«

»Siehst du, Johnny, im Grunde unterscheiden wir uns da nicht von euch, wir wissen es auch nicht und genau wie ihr sind wir auf der Suche danach, nur dass wir am vorderen Teil des Weges suchen und nicht am hinteren.«

Ich sehe auf meine Füße. Ein kurzes Schweigen ... »Eine Frage beschäftigt mich schon seit langem«, sage ich dann. »Warum gibt es überhaupt Leben? Ist eine höhere Macht dafür verantwortlich?«

Die Projektion sieht mich an. »Die Existenz von Leben wird von euch fehlinterpretiert. Ihr verbindet damit Außergewöhnlichkeit, dabei weicht der Grund für die Existenz von Leben nicht von der kosmischen Norm ab, wie ihr vielleicht annehmt. Alle Objekte, die der Physik unterliegen, weisen ein bestimmtes Muster auf. Atome verbinden sich zu Molekülen, Moleküle zu Stoffen und Stoffe zu Planeten. Dieses Muster finden wir auch beim Leben wieder. Ihr Menschen schließt euch zu Gruppen zusammen, Gruppen zu Völkern und der Zusammenschluss aller Völker ergibt die Menschheit. Diese Gemeinsamkeit kennzeichnet das Leben als das, was es eigentlich ist: ein natürliches physikalisches Produkt wie jedes andere auch.«

»Was soll das heißen?«

»Es entstand, weil es möglich war und nicht weil es jemandes Wunsch war.«

Ich schaue nachdenklich den Kindern hinterher, die auf dem Spielplatz vergnügt schaukeln. Die Antwort ruft zwiespältige Gefühle in mir hervor, einerseits verwirrt sie mich, andererseits klingt sie logisch.

Auf einmal stoppen wir vor dem großen Teich und mein Begleiter setzt sich auf eine Bank vor dem Wasser. Ich setze mich kommentarlos daneben und schaue mit ihm auf den Teich hinaus.

»Ihr Menschen beunruhigt uns, Johnny, eure Entwicklung ist eine Anomalie. Eure Kollektivierung verhält sich unterschiedlich zu allen anderen Spezies und dennoch seid ihr so weit gekommen, weiter als viele andere. Aber ihr seid nicht reif genug, um den letzten Schritt zu vollziehen. Dennoch darf ich es euch nicht verwehren, es ist lediglich ein Rat, den ich euch gebe. Deine Leute werden kommen und sich holen, weshalb sie hier sind und du wirst dagegen nichts ausrichten können. Der Anfang der Wende wird beginnen und dieser Zyklus wird sich dem Ende neigen.«

»Ich verstehe nicht ganz ... was willst du damit sagen?«, frage ich verwirrt.

»Wenn die Zeit reif ist, wirst du wissen, was ich meine«, antwortet er und steht von der Bank auf. Ich sehe ihn eine Weile nachdenklich an. »Wer seid ihr?«, frage ich dann mit ernster Stimme.

Die Person geht zum Wasser und versucht die Enten anzulocken. »Wir verkörpern eine Seite der Waagschale, wir sind das Leben, die Erschaffer. Die andere Seite ist der Tod, die Zerstörer. Ohne das

Leben ginge die Gleichung nicht auf und ohne den Tod ebenso wenig. Jeder Zyklus baut sich auf und wieder ab, Leben wird geschaffen und dann wieder zerstört. Das ist der normale Lauf der Dinge, dem wir alle folgen, bewusst oder unbewusst. Selbst dein von der Gesellschaft distanziertes Verhalten ist Teil der Gleichung. Was du als Individualität und Einzigartigkeit erlebst, ist nur ein weiteres Muster, das du noch nicht erkannt hast. Niemand existiert ohne Grund, jedes Handeln erfüllt seinen Zweck und schließt letztendlich den Kreis des Großen und Ganzen. Es gibt davor kein Entkommen.«

Die Worte treffen mich tief, glaubte ich doch mein ganzes Leben lang, einzigartig und besonders zu sein und jetzt wird das mal eben als Vorherbestimmung der Natur abgestempelt.

Auf einmal flüchten die Enten schnatternd ohne ersichtlichen Grund. »Wir haben nicht mehr viel Zeit, deine Freunde sind gekommen ...«

Bevor er den Satz zu Ende sprechen kann, verzerrt sich sein Antlitz. Die Geräusche verstummen und die Umgebung verwischt wie die aufgewirbelte Oberfläche eines Teichs.

Ich öffne die Augen und erblicke Grigax über mir, der seine Hand auf meinen Kopf gelegt hat.

»Wir hoffen, ihr habt erfahren, was ihr erfahren solltet.« Er setzt mich auf. »Eure Crew wird jeden Moment hier sein, wir müssen euch hier raus bringen.« Er zerrt meinen benommenen Körper

nach draußen und lehnt mich gegen die Außenseite des Kubus. Ich höre das leise Hallen von Schritten und Worten. »Eure Körper sind keine Gedan-
kenübertragung gewohnt.« Er schaut unruhig in
die Richtung der sich nähernden Geräusche. »Wir
haben euer Weibchen gefunden und mit hierher
gebracht.«

Ich versuche mich aufzurichten, jedoch drückt
mich Grigax wieder zu Boden.

»Sara ist hier? Geht es ihr gut?«, will ich wissen.

Grigax sieht mich irritiert an. »Was ist das für ein
seltsames Interesse, das ihr für diesen Menschen
hegt?« Auf einmal höre ich eine deutliche Stimme.
Captain Freeman entdeckt uns als Erster. »Grigax,
was haben Sie da?«

Ich höre, wie die Schritte schneller werden. Eine
Frauenstimme ruft laut meinen Namen. Sara ...
schießt es mir durch den Kopf. Mein Herz schlägt
höher, als ich ihre Stimme vernehme. Ein warmes
Gefühl durchzieht meinen Körper. Sie rennt auf
mich zu und wirft sich mir um den Hals. Tränen
laufen ihr über die Wangen.

Mich überkommt eine plötzliche Welle der Erleichterung. All die angestauten traumatischen Erlebnisse brechen aus mir heraus. Schluchzend umklammere ich sie und fange an zu weinen wie ein
kleines Kind. Endlich kann ich meinen Gefühlen
Ausdruck verleihen, dem Schmerz, der Leere. Es
fühlt sich an, als ob ein brechender Staudamm

alles aus mir herausschwemmen würde. Die anderen stehen peinlich berührt um uns herum, keiner sagt etwas. Erst als ich mich wieder fasse, ergreift Freeman das Wort.

»Schön, Sie wiederzusehen«, sagt er und reicht mir die Hand.

»Unfassbar, er ist es«, ruft Oakland und deutet auf den Kubus.

»Können Sie ihn öffnen, Coleman?«, fragt mich Freeman.

Ich sehe die beiden zögernd an.

»Nein, kann ich nicht ...«

Der Captain lacht kurz auf. »Das ist ein Scherz, oder? Sie müssen es können, nur deswegen sind wir hier!«

»Ich kann es aber nicht.« Freeman schaut zu Grigax rüber, der einen Schritt nach hinten macht.

»Sie wollen mir sagen, dass wir Millionen von Kilometern weit gereist sind, um festzustellen, dass wir in dieses Scheißding nicht reinkommen?« Freeman tritt näher an mich heran. Nervös sehe ich in die Runde.

»Es ... es tut mir leid«, sage ich und blicke zu Boden.

»Nein, mir tut es leid«, sagt er unterkühlt, dann packt er meinen Arm und zieht meine Waffe aus dem Halfter, so schnell und geschickt, dass ich es nicht verhindern kann. Entschlossen richtet er die

Pistole auf meinen Kopf. »Sofort öffnen!« Der Rest der Crew macht geschockt einen Satz nach hinten. »Sie verstehen nicht, wir dürfen diesen Schritt nicht machen, wir sind dafür noch nicht bereit!«, schreie ich entsetzt.

»Das ist nicht die Antwort, die ich hören will.« Ich schaue Freeman angestrengt in die Augen. Ich erblicke das, was ich die ganze Zeit bereits vermutet habe. Den Wahnsinn, der hinter dieser Mission steckt, ausgeführt durch diesen Mann.

»Eher würde ich sterben, als Ihnen diesen beschissenen Kubus zu öffnen!«

Freeman lacht und schüttelt dabei den Kopf. »Ich weiß. Es wurde mir gesagt, dass Sie Ärger machen würden ... Sie lassen mir keine Wahl.« Er dreht sich nach rechts und sieht zu Lankford. Bevor ich verstehe, was er damit gemeint hat, feuert er einen Schuss ab. Entsetzt blicke ich zu Lankford, der mit einem Kopfschuss zu Boden geht. Mein Herz schlägt mit einem Mal so schnell, dass ich das Pochen in meinen Adern spüren kann.

Sara schreit auf. »Sind Sie wahnsinnig geworden?!«

Captain Freeman richtet ohne jegliche Gefühlsregung die Waffe auf Sara. »Festhalten, Preston!«

Preston packt Sara an beiden Armen und drückt sie an sich heran. »Na, Süße, so kommen wir also doch noch zu unserem Tänzchen«, sagt er und leckt ihr am Ohr. Sara fängt an, hysterisch zu schreien.

Freeman sieht wieder zu mir. »Betrachten Sie das eben als Warnung. Wenn Sie nicht spuren, können Sie sich ja vorstellen, was ich als nächstes mache. Und jetzt öffnen Sie. Sofort!«

Ich schaue Hilfe suchend zu Grigax, der regungslos am Rande steht.

Freeman lacht. »Der wird Ihnen nicht helfen, die Xexar kümmern sich einen Scheiß um andere.«

Ich nicke resigniert. »Also gut ... gehen wir rein.«

»Wer sagt's denn, geht doch. Sie gehen voran und keine Tricks!«

Er schubst mich nach vorne und richtet die Waffe auf meinen Rücken. Preston hat Sara im Schlepptau und Oakland trottet den dreien wortlos hinterher. Konzentriert suche ich die Berührungsstelle an dem Kubus. Wie erwartet schiebt sich der Eingang unverzüglich auf. Oakland rastet beinahe aus vor Freude.

»So, nun habt ihr das, was ihr wolltet, lasst uns jetzt gehen.«

Freeman ignoriert mich.

»Dr. Oakland, jetzt sind Sie dran«, sagt er.

Oakland holt seinen Koffer und betritt den Raum. Sara windet sich in den Pranken von Preston. »John, er darf die Daten nicht transferieren!«, ruft sie mit verzweifelter Stimme.

»Hey, wer hat dich denn gefragt, Püppi!«, entgegnet Preston. Sara versucht sich zu befreien, kapituliert jedoch nach kurzer Zeit.

»Wie meinst du das?«, frage ich.

»Mein Vater ... er verwendet die Daten anders als du denkst!«

Ich sehe sie verwirrt an. »Dein Vater? Wie, ich verstehe jetzt gar nichts mehr!«

»Mowrer ... ich habe damals den Namen meiner Mutter angenommen«, antwortet sie. »Aber das ist jetzt nicht wichtig, er darf diese Daten nicht bekommen! Das ist mir jetzt klar geworden. Es ist falsch! Er hat vor den EDNV-1 Virus zu vervollständigen, zu einem Supervirus ... verstehst du, John? Wir müssen ihn aufhalten«, schreit sie und bricht in Tränen aus.

Geschockt halte ich mich an der Wand fest. »Warum sollte er so etwas tun, das ergibt keinen Sinn? Und wie konntest du nur für ihn arbeiten?«

»Ich weiß es nicht ... mein ganzes Leben lang wurde ich auf diese Mission vorbereitet, ich musste immer nur gehorchen, ohne nachzudenken ... ich kann das nicht mehr!«, schluchzt sie und bricht zusammen. Ich kann nicht glauben, was sie da gerade gesagt hat. »Es tut mir so leid, John! Bitte verzeih mir. Ich bin ein schlechter Mensch.«

»Ist ja rührend«, sagt Preston und steckt seine Zunge in Saras Hals. Bevor ich nachdenken kann, entreiße ich Freeman meine Pistole und richte sie auf Preston, der auf einmal wie gelähmt vor mir steht.

»Nimm deine Zunge aus ihrem Mund, du verschissener Drecksack!«

Alle stehen still. Auf einmal kommt Oakland aus dem Inneren des Kubus zurück, der von allem nichts mitbekommen hat.

»Ich wäre dann fertig«, ruft er und sieht uns verwundert an.

Sara wirft mir einen entschlossenen Blick zu. »Bring das zu Ende, was ich nicht geschafft habe, John ... bitte, tue es für mich.«

Oakland realisiert erst jetzt die Lage und sieht mich geschockt an. »Tu es nicht, John!«, fleht er.

Ich drehe mich zu ihm und feure. Der Schuss hallt von den Wänden. Schmerzvoll verzieht er das Gesicht und lässt den Koffer fallen. In dem Moment greift mich Freeman von hinten an, schlägt mir die Waffe aus der Hand und drückt mich energisch zu Boden.

»Sie Idiot! Was haben Sie getan?! Sehen Sie sich diese Sauerei an.«

»Ich habe soeben die Menschheit gerettet!«, entgegne ich, das Gesicht auf den glatten Boden gedrückt.

Captain Freeman lacht höhnisch.

»Nein, Sie haben soeben einen fatalen Denkfehler gemacht«, sagt er und drückt mir seinen Stiefel fester in den Nacken. »Das B.I.T. funktioniert auch ohne lebenden Organismus, ähnlich wie eine Festplatte, die nur wieder an den Strom angeschlossen werden muss.« Er hebt die Pistole auf und geht drei Schritte nach hinten. »Preston, holen Sie den Kopf von Dr. Oakland, ich glaube, den braucht er nicht mehr ...« Hämisch lachend zieht Preston sein Armeemesser aus dem Stiefel und beugt sich zu Oakland runter. Mit ein paar heftigen Schnitten trennt er den Kopf von seinen Schultern. Das Blut verteilt sich großflächig auf dem Boden. Erschüttert sehe ich Preston zu, der Oakland wie ein Stück Schlachtvieh bearbeitet. »Okay, alles einpacken und zurück zum Schiff, ich will die Sequenz noch heute zur Erde schicken«, befiehlt Freeman. Preston kramt in seiner Tasche und legt uns Einweghandfesseln an, wie sie das Militär benutzt.

»Ich erkenne Sie nicht wieder. Sie sind ein Monster, Freeman!«, schreie ich entsetzt.

»Ich bin ein Mann, der seinen Job ernst nimmt und jetzt kein Wort mehr oder wir sorgen dafür, dass Sie nie wieder einen Laut von sich geben.«

Wir bewegen uns in Richtung Ausgang, ich zittere vor Wut. Ich wusste, dass etwas Derartiges passieren würde und doch hat mich keiner ernst genommen, ja, nicht einmal ich habe mich ernst genommen.

Sara und ich laufen gefesselt voraus, hinter uns geht Preston mit angelegtem Gewehr. Den Kopf hat er einfach in seinen Rucksack gepackt, aus dem jetzt das Blut tropft - wirklich widerlich.

Wir laufen zum Haupteingang des Raums, aus dem Freeman und die anderen gekommen sind. Es ist eine lange Treppe, die nach draußen führt. Grigax geht uns wortlos hinterher.

Freeman stößt von hinten mit der Waffe an. »Sagen Sie Ihrem Freund, dass wir jetzt das Energiefeld deaktivieren werden.«

»Ich denke nicht daran«, erwidere ich.

Freeman schlägt mir mit der Waffe auf den Rücken. »Kommen Sie schon, Sie wissen, was jetzt folgt. Sie sagen: Nein. Ich sage: Ja, und letztendlich richte ich die Waffe wieder auf Sara und Sie gehorchen.«

»Elender Dreckskerl!«, antworte ich und spucke auf den Boden vor ihm. Dann frage ich Grigax nach dem Energiefeld.

»Der Reaktor befindet sich an der Oberfläche«, übersetze ich für Freeman. »Er zeigt uns, wo ...«

»Brav, geht doch.«

Wir verlassen die Kammer mit dem Kubus und nehmen den Weg, auf dem die anderen gekommen sind. Auf einmal fängt Grigax an, mit mir zu reden.

»Wir können das nicht zulassen, das wisst ihr.«

Captain Freeman sieht uns streng an. »Was redet er da?«

»Nichts, er hat mir nur gesagt, wo der Generator ist.« Ich nicke Grigax zu.

Der Rückweg ist weit und die gefesselten Hände erschweren mir das Gehen. Ständig falle ich hin und bekomme jedes Mal einen Tritt in die Seite von Preston. Wie ein altersschwaches Pferd, das zur Schlachtbank getrieben wird. Sara ist verstummt und hat den Kopf nach unten gerichtet. Immer wieder laufen ihr Tränen die Wangen hinunter und sie schluchzt leise vor sich hin.

Als wir an Grigax Höhle vorbeikommen, stehen die Xexar in großer Schar vor uns und versperren den Weg.

»Was wird das hier?«, fragt Freeman verdutzt.

»Sie halten euch jetzt auf ...« Ich fange an zu lachen.

Preston unterbricht mein Gelächter. »Womit denn? Mit ihren Stöcken? ... Die haben doch nicht mal Waffen! Pah ...«

Preston und Freeman legen die Gewehre an. Die Xexar halten Stöcke, Steinäxte und andere Werkzeuge in den Händen.

»Wo sind eure Waffen?«, frage ich Grigax verwundert.

»Wir haben keine, wir Xexar führen keinen Krieg.« Ich muss schlucken. Wie verzweifelt dieses Volk, angesichts der menschlichen Ignoranz, wohl sein muss.

Plötzlich stürzt sich Grigax von hinten auf Freeman und drückt ihn zu Boden. Die restlichen Xexar kommen schlagartig auf uns zugestürmt. Preston legt an und feuert in die Menge. Freeman versucht sich aus Grigax Griff zu befreien … Es gelingt ihm an seine Pistole zu kommen und er feuert auf den Xexar. Erschrocken lässt dieser ihn los und hält sich den verwundeten Arm.

Preston schreit zu Freeman: »Hinter Ihnen!« Der Captain dreht sich um und erschießt einen Angreifer. Entsetzt sehe ich zu Boden. Es ist Tergex.

Grigax schreit auf und alle sind augenblicklich still.

»Sagt Ihnen, wir deaktivieren den Generator, aber hört damit auf!«

Ich rufe es zu Freeman herüber.

»Na also, was man mit so ein bisschen Druck nicht alles erreichen kann«, antwortet der und steckt die Pistole wieder weg.

Niedergeschlagen geht Grigax voraus. Die restlichen Xexar machen uns den Weg frei. Er bringt uns zu einer der Hauptschleusen, die zur Oberfläche führt.

Als wir oben sind, deutet er auf einen großen Berg.

»Wir benötigen zwei Ersatzenergiezellen zur Überbrückung.«

Ich übersetze es für Freeman.

»Soll er haben, der kaputte Rover steht nicht weit von hier, da sollten zwei Zellen drin sein«, sagt Freeman und drängt zum Weitergehen.

Wir kommen an der Unglücksstelle von Rover 2 an. Techniker Preston klettert in den umgekippten

Wagen und kommt mit zwei dicken, metallenen Zellen wieder. Grigax nimmt sie entgegen.

»Wir überbrücken das Feld, ihr habt 20 Minuten, dann baut es sich wieder auf. Geht zu eurem Schiff, wartet, bis das Feld zusammenbricht und dann verschwindet von hier und kommt nie wieder.«

Ich komme mir schuldig und schlecht vor. »Ist gut, ich werde es ausrichten«, sage ich traurig.

Er hält mir die Hand entgegen. Ich ergreife sie.

»Wir werden uns wiedersehen, John Coleman, Träger der Menschen.«

Ich drücke seine Hand.

Freeman schiebt sich zwischen uns. »Ich kann nur hoffen, dass er uns nicht hintergeht. Falls doch, geht das nicht gut für ihn und seine Leute aus!«

»Grigax hält sein Wort, Freeman ... er ist nicht wie Sie«, entgegne ich und sehe ihn abwertend an.

Kapitel 9 - Heimreise

Captain Freeman checkt die Instrumente. »SEA, Start Analyse.«

SEA: »System befindet sich bei 86% steigend. Startbereit in 11 Minuten und 39 Sekunden«

»Preston, Sie lesen das B.I.T. aus und machen alles bereit zur Signalübertragung. Wir warten bis das Kraftfeld zusammenbricht und dann starten wir.«

»Geht klar ... was soll ich mit den beiden hier machen?«, fragt er und zeigt auf Sara und mich.

»Sedieren und für die Kryostase auf der Erebos vorbereiten und sorgen Sie dafür, dass der Knebel im Mund nicht verrutscht.«

»Sehr gerne ...«

»Und Preston, Finger weg von Mowrers Tochter. Sie ist tabu für Sie ... mit dem anderen machen Sie, was Sie wollen, solange der noch atmet, wenn wir auf der Erde ankommen.«

Preston kommt mit einem breiten Grinsen auf mich zu und zieht einen dicken Schraubenschlüssel aus seiner Werkzeugtasche. »So ... so ... so, was sagst du?«, sagt er und greift sich an sein Ohr. »Ich kann dich gar nicht hören ... Gar kein Klugscheißen mehr?«, fragt er und schlägt mir mit dem Eisen auf den Rücken. Ich schreie qualvoll durch den Knebel auf. »Wolltest mich vorführen, nicht wahr? Wie 'nen dreckigen Zirkusaffen, oder?« Er schlägt mir mit aller Wucht auf die Beine. Schmerzhaft verziehe ich das Gesicht und versuche, den Schrei zu unterdrücken. Sara brüllt, gedämpft durch den Knebel, und versucht, sich zwischen uns zu werfen. Preston packt sie und schleudert sie in die Ecke. »Nicht so schnell, Schätzchen, wir tanzen später noch«, sagt er und wendet sich wieder mir zu. »Ich wusste doch, früher oder später kriege ich dich dran.« Er kommt mit großen Schritten auf mich zu und hält das Eisen fest in seiner Hand. Mein Adrenalinspiegel steigt ins Unermessliche und ich merke, wie meine Hose nass wird. Preston hält meinen Kopf mit einer Hand nach oben und zieht mir den Schraubenschlüssel durch das Gesicht. Ich spüre, wie mein Gesicht taub wird und die Umgebung sich in ein Pfeifen verwandelt. Er steht auf und tritt mir immer wieder mit voller Kraft in die Seite. Der Knebel tränkt sich mit Blut und ich krümme mich am Boden.

Freeman unterbricht ihn. »Es reicht, Preston, bereiten Sie jetzt alles für die Kryostase vor.«

Preston holt noch einmal mit der Faust aus und stoppt den Schlag kurz vor meinem Gesicht ab.

»Ja, Sir!« Er zieht mich am Kragen und fesselt mich auf einer Trage. »Den Anzug lassen wir mal weg, nochmal zieh ich dich nicht um.«

Er injiziert mir ein Anästhetikum und gibt mir einen Kinnhaken mit auf den Weg. Bevor ich mich wehren kann, wird alles dunkel.

20 Jahre später

SEA: »Reaktivierung abgeschlossen.«

Ich öffne verträumt die Augen und blicke in ein grelles Licht. Ich fühle mich, als wäre ich nachmittags fest eingeschlafen und plötzlich geweckt worden. Es dauert eine Zeit, bis ich die Orientierung wiederfinde. Benommen setze ich mich aufrecht hin. Ich scheine im Kryostase Aufwachraum zu sein. Blinzelnd suche ich den Raum nach anderen Personen ab.

»SEA, wo sind die anderen?«

SEA: »Aktuelle Personenzahl an Bord gleich eins.«

Mit schwerem Kopf und verspannten Muskeln stelle ich mich auf die Beine. Langsam erinnere ich mich wieder an das, was passiert ist. Preston, das Schwein, hat mich halb tot geprügelt. Ich taste nach meinen Wunden, aber spüre nichts.

»SEA, wie ist mein aktueller Vital Status?«

SEA: »Gesundheit liegt bei 94,87 Prozent, Vital Status gut ...«

Die müssen mich nach der Sedierung wieder zusammengeflickt haben. Ich hebe mein Hemd und entdecke einen Verband mit einem kleinen Herzchen darauf - Sara. Ich wette, sie hat Freeman überredet, mich verarzten zu dürfen ... ohne sie wäre ich jetzt vielleicht nicht hier.

»SEA, aktueller Standort?«

SEA: »New Mexico Space Center, Erde.«

New Mexico Space Center? Ich dachte, das wäre stillgelegt worden? Ich halte mir nachdenklich meinen schmerzenden Kopf.

»Wo sind die anderen, SEA?«

SEA: »Die verbliebene Crew hat vor 46 Tagen 14 Stunden 26 Minuten und 32 Sekunden das Schiff verlassen.«

»Klasse ...«, stöhne ich enttäuscht. Ich ziehe neue Kleidung an, die im Schrank liegt und mache mich auf in den Versorgungsbereich ... Als erstes muss ich meinen Durst stillen. Die Blenden vor den Scheiben sind geöffnet und die kräftige Sonne scheint durch das große Glas. »Hallo«, rufe ich laut. Meine Stimme klingt heiser ... »Ist hier jemand? Hallo?« Hoffnungslos, die einzige Antwort, die ich bekomme, ist das Echo meiner eigenen Stimme, die aus den langen Korridoren zurückgeworfen wird. In der Küche greife ich mir eine Flasche eisgekühltes Wasser und leere sie in einem Zug. Ich trinke so schnell, dass die Schmerzen im Kopf noch größer werden, aber das ist mir im Moment egal. »SEA, gibt es irgendwelche Aufzeichnungen oder Logbucheinträge?«

SEA: »Negativ, Logbuch gelöscht ...«

»Wer hat mich reaktiviert?«

SEA: »Informationen bezüglich der Reaktivierung des Crewmitglieds John Coleman am 04/05/2117 gelöscht.«

»Das gibt's doch nicht ... bist du überhaupt für etwas zu gebrauchen?«, sage ich genervt und schleudere die leere Flasche in die Ecke. Ich gehe zu einem der Fenster und schaue nach draußen ... das Space Center sieht verlassen aus. Um auf Nummer sicher zu gehen, betrachte ich es aus mehreren Fenstern und Perspektiven. Dennoch wirkt das ganze Center gespenstisch ruhig. Ich laufe zum Hangar und suche meine Ausrüstung. Mein Nanosuite hängt noch dort, wo ich ihn zuletzt gesehen habe. Etwas schwerfällig quäle ich mich in den Anzug und rüste mich mit meiner Waffe aus. Ich lasse die komplizierte und unnötige Explorereinheit weg und lege nur das Schutzequipment an. »SEA, Hangar öffnen!«

SEA: »Autorisierung durch John Coleman fehlgeschlagen.«

»Muss man denn hier alles eigenhändig machen?« Ich gehe zur Schleuse, halte meine Pistole auf das Nummernpad und schieße zweimal auf den Touchscreen. Funken sprühen und auf einmal gehen die Lichter im Hangar aus. »Oh ...« Anscheinend ist doch nicht alles verwendbar, was man in Filmen sieht. Ich schaue mich um und entdecke einen roten Hebel mit der Aufschrift »Manuelle Notsteuerung«. Peinlich berührt über meine Möchtegern-Rambo-Nummer ziehe ich den Hebel, woraufhin sich die Schleuse langsam öffnet.

Eine brütende Hitze schlägt mir entgegen. »Hallo? Ist hier jemand?« schreie ich über den Platz. Ausschau haltend laufe ich die Rampe herunter. Die warme Luft staut sich unverzüglich in meinem Anzug. Ich stelle das Nanogewebe auf »durchlässig«, damit die Luft zirkulieren kann und mir Kühle verschafft. »Hey! Ist hier jemand?« Das Space Center sieht verlassen aus. Autos stehen wild in der Gegend herum, teilweise noch mit offenen Türen und liegen gelassenen Aktenkoffern, als ob die Menschen vor etwas geflüchtet wären. Auf der Landebahn sind tonnenweise Papiere verstreut mit irgendwelchen Berechnungen und Auswertungen darauf. Ich laufe Richtung Haupthaus in der Hoffnung, auf menschliches Leben zu stoßen.

Dort angekommen finde ich eine aufgebrochene Tür vor. Vorsichtig schiebe ich das zersplitterte Glas zur Seite und stoße die zwei Türflügel nach innen auf. Ich stehe Verwüstung und Chaos gegenüber. Es sieht aus, als wäre hier ein Hurrikan durchgegangen. Ich stelle mich in den langen Gang. »Hallo? ... Ist hier jemand?«, brülle ich. Wieder keine Antwort. Ich schlage mit meiner Waffe gegen einen Schrank neben mir, um auf mich aufmerksam zu machen. »Ist hier jemand?« Plötzlich höre ich weiter weg ein lautes Scheppern und Trampeln. Jemand bewegt sich hektisch auf mich zu. »Hey, wer bist du? ... Bleib stehen!« Panisch ziehe ich meine Waffe. »Hey! Du sollst stehen bleiben! Hörst du schlecht?«, brülle ich zu ihm hinüber. Der Angreifer wird immer schneller. Mich überkommt die Angst und ein Schuss löst sich. Getroffen fällt der Mann zu Boden und rutscht vor meine Füße. Geschockt blicke ich auf ihn. »Was zum Teufel ist das?« Vor mir liegt ein entstellter Mitarbeiter des Space Centers. Das weiß ich, weil ich das Namensschild auf seiner Jacke lesen kann. Jim Garson, technischer Überwacher. Aber was vor mir liegt, erinnert nur noch wenig an einen Menschen. Seine Haare sind ausgefallen und der Hals ist übersät mit schwarzen Flecken. Die Haut ist stark gerötet und an einigen Stellen aufgeplatzt. Was mir jedoch sofort auffällt, sind seine blutunterlaufenen Augen.

Plötzlich höre ich ein weiteres Poltern und hastiges Schaben. Instinktiv reiße ich die Feuerwehraxt von der Wand und haste zum Ausgang. Die Geräusche werden immer lauter. Mit ohrenbetäubenden Schreien rennt etwas auf mich zu. Hektisch drücke ich die Türen zu und fixiere sie mit der Axt. Kaum habe ich die Hände von der Halterung genommen, werfen sich zwei dieser Kreaturen dagegen.

Erschrocken falle ich nach hinten und krieche rückwärts von ihnen weg. Entsetzen macht sich in mir breit, als ich merke, mit welcher Aggressivität die beiden versuchen, die Tür zu durchbrechen. Ich halte den Atem an ...

Fortsetzung in: Der Träger - Wiederbeginn

Danksagung

Ich möchte mich bei ein paar Menschen herzlichst bedanken, die mich bei meinem Buchprojekt tatkräftig unterstützt haben:

Als erstes möchte ich mich bei meinem Korrektorenteam bedanken. Danke Susanne Benker, Deborah Wiewel, Saphira Kneifel, Jennifer Gödiker, Carlotta Albach und Pauline Kalender, ohne euch wäre vieles nicht möglich gewesen. Dann geht mein Dank an Cara D'Lestrange, die mich gut beraten hat bei meinem Roman und an Christina Stöger, die mir bei der Formatierung für das Buch geholfen hat. Nicht zu vergessen sind auch meine Verwandten väterlicherseits. Ein weiterer Dank geht an Thomas Möller; er half mir, eigenen Mut zu finden. Und ich danke meiner Mutter, meiner Schwester, meinem Vater und meinen Freunden dafür, dass sie für mich da sind.

Zu guter Letzt möchte ich meiner geliebten Freundin dafür danken, dass sie zu mir hält, mich unterstützt, aufbaut und so nimmt, wie ich bin. Danke, mein Schatz, ich liebe dich <3.

www.dewilkinson.de